JN075926
命短し恋せよ男女 2
Life is Brief. Fall in Love, Boys and Girls.2
[著] 比嘉智康
Tomoyasu Higa
[イラスト] 間明田
Mamyoda

4人の同居生活
スタート!?

元命短い系男女、初登校。

つまぶ きりゅうのすけ
妻夫木龍之介
ほさか ほのか
穂坂 微
いしだ こういち
石田好位置
ちかまつ みすみ
近松美澄
のち
こい

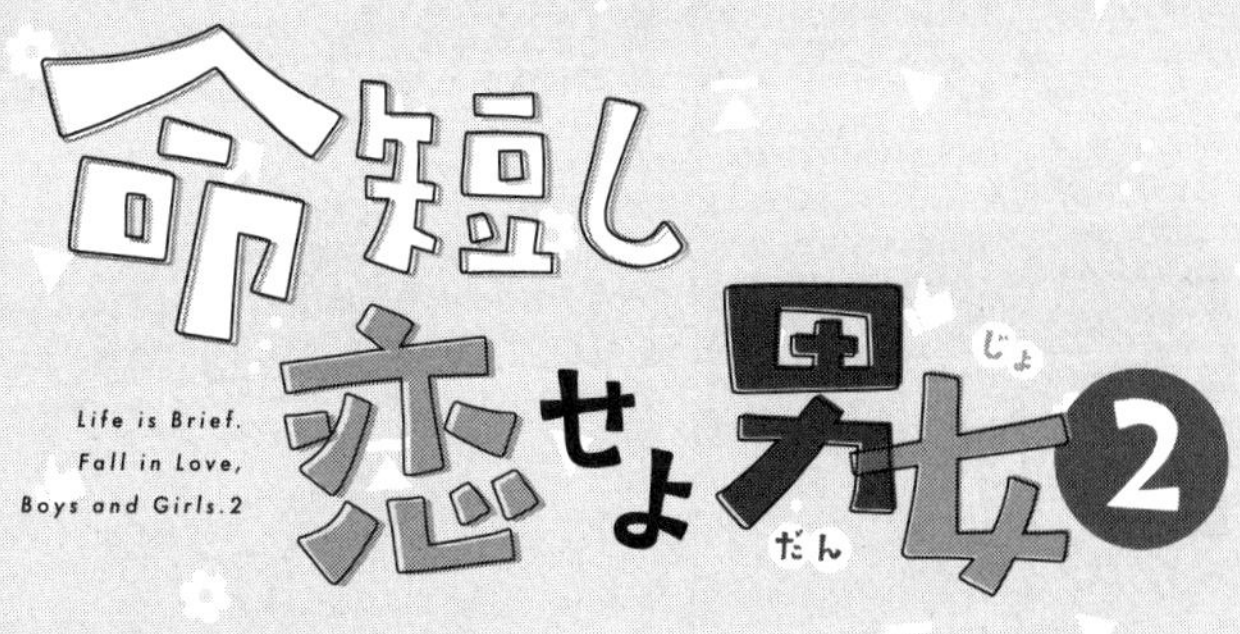

［著］
比嘉智康
Tomoyasu Higa

［イラスト］
間明田
Mamyoda

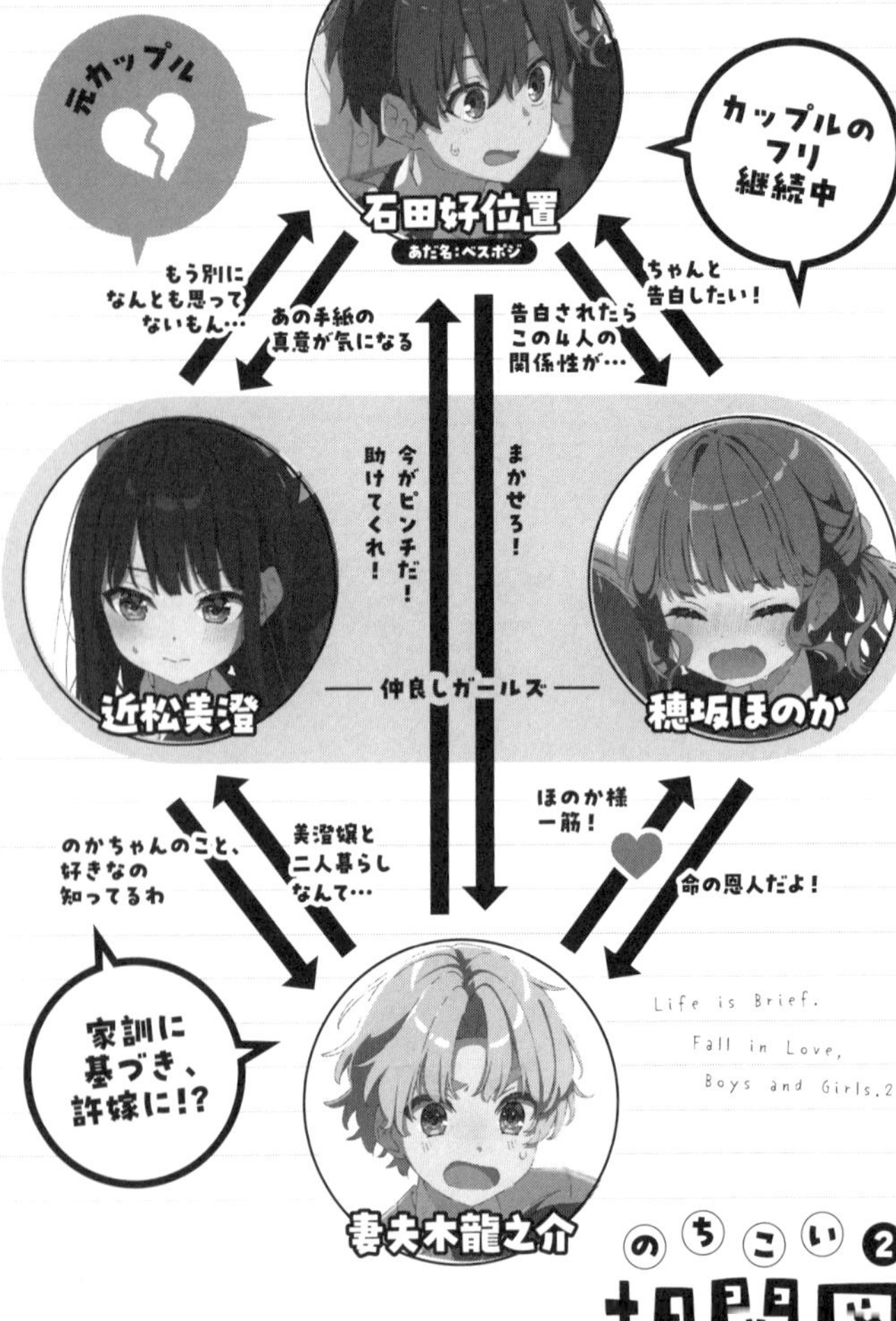
Date / /
元カップル
カップルのフリ継続中
石田好位置
あだ名：ベスポジ
もう別になんとも思ってないもん…
あの手紙の真意が気になる
告白されたらこの４人の関係性が…
ちゃんと告白したい！
今がピンチだ！助けてくれ！
まかせろ！
近松美澄
仲良しガールズ
穂坂ほのか
のかちゃんのこと、好きなの知ってるわ
美澄嬢と二人暮らしなんて…
ほのか様一筋！
命の恩人だよ！
家訓に基づき、許嫁に!?
妻夫木龍之介
Life is Brief. Fall in Love, Boys and Girls.2
のちこい２
相関図

「……大事な話っていうのはね。
……私が、龍くんの許嫁になったこと、だよ」

余命宣告を受ける並みに驚きの宣告を受けることは、俺の人生にはもうないと思っていた。

のだが。

──私が、龍くんの許嫁になったこと、だよ。

さっぽろテレビ塔の展望台と地上を繋ぐ外階段の３５０段目あたりで、元カノの口から絞り出された言葉の真意を汲み取りあぐねて。

言葉に詰まったのち。

「……いいなずけって、許嫁って意味なのか？」

俺は、わけのわからない質問を繰り出していた。

階段の三段上で、美澄は頷いた。

「いいなずけは、許嫁って意味よ」

「……りゅうくんってのは、実は人間的魅力の宝庫のあの龍之介だよな？」

「ふふっ、きみは龍くんのことをそう思っているのね。その宝庫の龍之介くんで、間違いないわ」

「間違いないわっていうのは、合ってるって意味か？」

「石田くんってば可哀想に。階段上りすぎて、ただでさえも思春期男子特有の煩悩に乗っ取られて機能低下しがちなオツムに、酸素が充分に行き届いてないのね。質問のＩＱが地獄よ」

外階段の金網の向こうには、市内中心部のビル群の谷間に1・5㎞延びる大通公園が望めた。350段目からの景色は、自分が頑張って登ってきた達成感補正が働くのか、ことさらいい景色に思えた。

眺望に現実逃避もほどほどに、俺は言った。

「……美澄さんが許嫁になったのは、龍之介をアレから守るためか……？」

「アレ？」

「家訓」

龍之介は妻夫木家家訓により、高校入学を機に、許嫁候補たちと一人ずつ一定期間同居生活する予定だった。生涯の伴侶を決めるために。

そんなご陽気なラブコメみたいな日常の到来は、ほのか一筋の龍之介にとっては耐えがたい未来だった。

ダウンコートのポケットに両手を突っ込んで、美澄はぽそりと呟いた。

「あの約束が果たせるチャンスだったしね」

「約束？」

「『もしも妻夫木龍之介がピンチのときは』」と歌うように言う美澄に、俺は、

「『無理をしてでも助けに行くよ』」と続けた。

それは龍之介が始めた医学論文読みによって、命拾いした俺とほのかと美澄による、命の

恩人への大いなる感謝をお返ししたい欲が溢れたが故に、生まれた約束だった。

「龍くんによれば、妻夫木家に認められた許嫁さえいれば、許嫁候補たちとの同居生活は免除されるみたいだわ」

「つまり美澄さんが許嫁になったおかげで、龍之介のピンチが救われるんだな」

美澄は頷いた。使命感を瞳に宿し、毅然としていらっしゃる顔で。

そういう表情すると、大人っぽくて、ほんと美人なやつだ。

ふと浮かんだ疑問を、俺は口にする。

「美澄さんの過去のアレを知られても、許嫁として妻夫木家に認められたのか？」

「私の過去のアレってなによ？　きみと付き合っていたってこと？」

「いや、それよりも、どっちかというと、刹那命のことかな」

俺と小学生のときに付き合っていた美澄は、全身性免疫蒼化症になり、誰にもなにも告げずに小六の冬休みにいなくなった。そして、余命宣告を受けたガチ難病系ＶＴｕｂｅｒとして活動を始めた。学園もののゲーム実況では、偏見と極論に満ちた持論が駄々洩れ、視聴者からは「セツナミ様青春無価値論」とウケていた。息子の許嫁相手が、ＶＴｕｂｅｒをしていて、青春のあれこれを無価値だと切り捨てていた過去を持つ。許嫁業界というか、許嫁事情にまるで精通していない俺だが、そんなアクの強い過去は、許嫁として大丈夫なのかと心配になったが。

「刹那命の動画も、龍くんのお母さん、和千代さんは御覧になってて……」美澄は照れ臭そうに重ねる。「笑ってたし、高評価もくれたわ」

「おお、そうなのか」

十代前半の女子がやってるＶＴｕｂｅｒのゲーム実況を楽しめるって、和千代さんの柔軟な感性よ。

「刹那命は、青春は無価値って断じてたけど、許嫁なんて無価値って言ってなかったから。よかったわ」

「それはなによりだ」

知り合いが誰かの許嫁になった経験が初めての俺は、次々と疑問が浮かんでくる。

「許嫁になったってことは……。美澄さんのこれからの生活には、決まり事というか仕来りとかあるのか？」

「仕来り？」

「よくわからないけど。たとえば……許嫁の私服は常に和服とか？」

「ふふっ、私服は自由よ。仕来りとは違うけど、不定期に行われる妻夫木家の晩餐会に許嫁として参加するかもね」

晩餐会。

「嫁入りしたら決まり事とかあるだろうけど……。私はあくまで名目上の許嫁だから」

「そっか、名目上だもんな。ああ、そっかー」

「あれれ？」

「な、なんだよ？」

大人っぽく感じていた美澄の顔が、いたずらっ子みたいな幼い顔に。

「そんなに安堵した声で『そっかー』言うなんて。もしかして、私が龍くんの許嫁になったことで。ハワハワしてた？」

「ハワハワってなんだよ？」

「ハラハラとソワソワ。……要するに、やきもちみたいな」

「………………」

――生まれ変わったら、素直な子になるから。

――また私とお付き合いしてください。

――小学生のときからずっと大好きなままだったよ、好ちゃん。

――ありがとう、さよなら。

ここに来る間際に目にした手紙の最後の部分が、脳裏に蘇る。

死を覚悟していた一年前の段階では、美澄は俺のことを好いてくれていた――らしい。

今でも、俺への気持ちは……。

でも、もし心変わりしていた場合、やきもちを焼いたよなんて言おうものなら、俺は美澄からどんな言われ方をするか。

「ちょ、黙ってないでなんか言いなさいよバカ！　私の大ボケがわからなかったの？　この大バカ！」

結局、黙っているだけでも、この言われよう。

「やきもちうんぬんってのは、大ボケだったのかよ」

美澄はそりゃそうでしょ、って顔をする。

「きみは、のかちゃんの彼氏なんだから。元カノの恋愛事情なんて興味ないでしょ？　私が誰とどんな関係になっても、石田くんはやきもちなんて焼くわけないの……」

美澄は俺から目をそらし、「わかってるもん」と消え入りそうな声で囁いた。

（こやつ。もん、って言いおった）

珍しい語尾の美澄をからかってやろうと思ったが。

「…………」

なんだか、変な空気が俺たちの間に漂っている気がして。

からかいそびれてしまった。

ほのかとのカップルＹｏｕＴｕｂｅｒ活動で、あくまで俺は彼氏のフリをしていること。美澄は知らないんだよな。

（石田くんはやきもちなんて焼くわけない……か）

美澄は、変な空気を振り払うように言う。

「おじいちゃんとおばあちゃんが心配するといけないから、展望室に戻りたいわ。きみも一緒に来ない？」

俺は自分の格好を見た。

病衣の上に、刈谷さんから借りた桜と虎の刺繍のスカジャン。おそらく今この瞬間の札幌市で、唯一無二のファッションセンスを発揮しちゃってる。

「美澄さんのご家族に挨拶するにしては、この格好はあまりにもだから、俺は病院に戻るよ」

「そ。じゃあ、今夜の退院祝いパーティーでね」

階段を上っていく彼女の背中を眺めていると。

俺の頭ん中で、どういう神経細胞の伝達が巻き起こったものか、美澄がどこか遠い未来に旅立っていくイメージが想起され――

「美澄が龍之介と、結婚する未来もあるんだろうか？」

俺の内側に生まれた疑問が、うっかり俺の外側で声になっていた！

我ながら、どんなうっかりだ。

思春期特有の煩悩に乗っ取られてはいなかったと思うが、俺のオツムは本当に酸素が行き届いてないのかもしれない。

立ち止まった美澄が、今上った分を下りてくる。俺はいち早く言った。

「名前呼び捨てですまん」

「んなことどうでもいいわよ！　それよりなんか……」

美澄が、恨めしそうな視線を俺に寄越す。

「ものすごい問いが投げかけられたんですけど……」

「俺は、元カノとの別れ際には、ものすごい問いを投げかけようって。今日から心がけていたんだ。ものすごい問いと思われてよかったよ」

　こんなクソつまらないこと言って、苦し紛れのごまかしを図るのがやっとだった。

「……クソつまらないこと言って、顔を真っ赤にしてる元カレを見かけたら、私はとりあえずスルーするように今日から心がけることにしたから。話を戻すというか、進めるわ」

「素敵な心がけをお持ちで」

「……私は許嫁になったけど。龍くんはきっと、私との結婚なんて微塵も想像してないよ」

「そ、そうなのか」

「直接聞いたことはないけど。だって龍くんってさ……、のかちゃんが好きでしょ？　きみは知っているわよね」

「美澄さんも龍之介の恋心に気付いていたんだな」

「龍くんの態度を見ていれば、そりゃわかるわよ」

「気付いていないのは、ほのかだけだな」

「恋の三角関係ね。でものかちゃんと石田くんは頑丈なカップルだから、龍くんの片思いは大変だわ」

なあ、美澄さんも入れて、俺たち四角関係じゃないのか。

そんなことを、冗談めかして言おうとしたら――

「私はきみと別れた小六の冬以降、恋とか好きとか無縁の世界で生きてるから。片思いの大変さなんて、もう想像もできないんだけどね」

「え？」

こちらの戸惑いを意に介さず、

「でも、余命宣告が取り消されるくらいの奇蹟が、この世界にはあるみたいだし。許嫁になった龍くんと私が、結婚する未来もあったりしてね。男と女だから、どうなるかなんてわからないから」

美澄はまだ俺と同じ15歳のくせに、男女関係の専門家みたいな顔でそう言って、今度こそ展望台へと駆け上がっていった。

――生まれ変わったら、素直な子になるから。

――また私とお付き合いしてください。

――小学生のときからずっと大好きなままだったよ、好ちゃん。

――ありがとう、さよなら。

美澄は、俺があの手紙をすでに読んじゃっていることを知らない。

——私も私で、きみと別れた小六の冬以降、恋とか好きとか無縁の世界で生きてるから。

手紙の内容とは違うことを言いだした美澄。

わざわざ自分から何かの念押しのように、言う必要があったのかそれ。

「…………」

美澄がなにを考えてるのか、よくわからない。

とりあえずハッキリわかったことは。

あの元カノは生まれ変わらない限り、筋金入りに素直じゃないってことくらいか。

1

テレビ塔から雪幌病院の外来待合に戻る。

看護師の刈谷さんが通りかかったので、俺は借りたスカジャンを差し出した。

「これありがとうございました。あ、クリーニングもしないでお返ししてすみません」

「小癪な気遣いが浮かぶ男だな石田好位置は。むしろクリーニングして返してきたら、詫びさせるぞ」

「なにを詫びさせられるんですか？」

「子供のくせに、大人に小癪な気遣いしてごめんなさいだろう。んなことより中庭行かなくていいのか」

中庭？

「散歩の仕納めをしてこいってことですか？」

「病衣姿のほのかを見納めしてこいって話だよ」

雪幌病院の中庭に移動した。

うららかな陽ざしのもと、枝振りの立派な木々が目立つものの、そこは三月の札幌だ。若芽どころか雪化粧の施された木々は、見た目の生命力がなりを潜めすぎていて、森林浴オフシーズンの中庭が、野鳥のさえずりも聞こえず時間の止まったような静けさで広がっていた。

初めてここに来たときのことを思い出す。

あのときは、広葉樹の洞に隠された代物——ほのかが俺との出会いの計画を記したノートを見つけたんだった。懐かしい記憶だ。

ウッドチップの道の途中——病衣の上にコートを羽織ったほのかの姿がベンチにあった。遠目で見てもわかるほど、考え事をしていた。

ほのかの邪魔をするのはよくないかな。いや、それは小癪な気遣いだな。

頭を使ってるとき、集中力がいやに高いほのかは近づいてくる俺に気付く素振りもない。

声をかけた。

「よっ、ほのか」

「あ、好位置くんだぁ」

ほのかの目って、面白い。俺の姿を発見したとき、いつも嬉しそうに輝くところとか。

「好位置くんはなにをしにきたの？」

「刈谷さんから中庭にいるって聞いて。ほのかに会いたいと思って」

ほのかは頰を朱に染め、「えへへ」と照れたように笑う。

「今のもっかい言ってほしいな」

「ほのかに会いたいと思って」

「えへへへ」

顔を真っ赤にして、嬉しそうにベンチで身を捩らせるほのか。うーん、こっちまで照れてくるなぁ。

「ところで、なにか考え事してたのか？」

「うん、好位置くんすごいね！　なんで考え事してるってわかったの？」

「中庭のベンチに一人座って、視線を宙に泳がせているやつがいたら。だいたい考え事をしてるだろ」

「二つのこと、考え事してました！　……寂しいことと、わくわくすること」

「寂しいこと？」

「今夜から、わたしも好位置くんもみんな、別々の屋根の下での暮らしになっちゃうなぁーって」

「……そうだな、別々だもんな」

今日という日は、中学校に通うことはできず入院生活を送った俺たちの退院日。なんだか卒業の日みたいだな。しんみりした。

「わくわくすることはね、命短し恋せよ男女チャンネルの、高校生活編一発目を飾る動画のことだよ！」

余命宣告が取り消され。回復に向かってからは、命短し恋せよ男女チャンネルは、「目指せ高校生活！　受験勉強編」になっていた。勉強に追われていたので、企画モノはなく、病院での勉強の様子を不定期で配信していた。

時計ヶ丘高校から合格通知が四人に届いたときの報告動画をもって、受験勉強編は無事完結していて。

次は高校生活編を始めたいねと、話し合っていた。

「企画を考えるの久しぶりだもんな。なかなか浮かばないのか？」

「実はとっておきのがもう、浮かんでいるよ。一番好きなタイプの企画にしようと思って！」

ほのかは大きな胸をそらせて、言った。

「お、そうなのか」

「みすみーと妻夫木くんとで決めたの」

「いつのまに。って、なんで俺だけ仲間外れだよ」

「えへへ、それはね、好位置くんにドッキリを仕掛けようと思ったからなのです」

「おっと。ほのちょこちょいだな」

「あっ！　わたし今、新しい可愛い呼ばれ方した！」

「すまん、ほのかのおっちょこちょいを略してしまった」

「由来が残念な呼ばれ方でした。好位置くん、わたし、なんでほのちょこちょい？」

「だって、ドッキリを仕掛ける相手にドッキリの存在を明かしちゃダメだろ」

ほのかは、コーヒーに砂糖とミルクはお付けしますか？　と聞かれたときに、「ブラックで」と答える子供みたいな得意げな顔をした。

「えへへ。それはダメではないのです。なぜならこれはお知らせドッキリだから」

「お知らせドッキリ？」

「そう、お知らせドッキリ！」

「……お知らせドッキリ？」

「うんうん、お知らせドッキリ」

「おい、ほのかよ。お知らせドッキリがなにか俺はいまいちピンときてないんだ。説明のほうを始めてくれよ」

「わたしの好きなすっごく人気のバラエティ番組にね。予告ドッキリっていうのがあるんだけど。あんな感じのをしたいと思ってて」

「あ、見たことあるかも。えっとどんなのだっけ？」

「一週間に七つのドッキリを仕掛けることを予告して、一週間後にどれがドッキリだったか当てもらうの」

ほのかは人に説明することを意識していたんだろう。スラスラと述べた。

「つまり、俺はこれから一週間で七つのドッキリを仕掛けられるのか？」

「ううん、本家予告ドッキリの規模は全然マネられないかな。ドッキリの数も三個にしようと思ってるし」

マネという言葉を聞いて、俺は確認しておきたいことが浮かんだ。

「ほのか、あのさ。その、テレビ番組の人気企画をマネして、ＹｏｕＴｕｂｅ公開することって。著作権というか、いろいろ大丈夫なんだっけ？」

「うん。調べたよ。ええと、企画内容はアイデアで。アイデアは著作物じゃないから著作権はなくて。だからアイデアに留まる範囲で利用するのは、著作権を侵害するものじゃないんだって」

「おう、そうか。なるほどなるほど」

俺は続けて聞いた。

「じゃあ、むしろどうやったら侵害になりそうなんだ？」

「それは確か、進行をそっくりそのまま模倣すると権利侵害になる可能性があってね。だからロゴとか企画のタイトルをそのまま使うのは、侵害にあたるかな」

つい今しがた、ほのちょこちょい呼ばわりした子が、「模倣」とか「権利侵害」って言葉を堂々と使う姿にグッときた。

「というわけで、わたしとみすみーと妻夫木くんが一人一個ずつこれから考える、誰にも秘密のドッキリが好位置くんの身に襲いかかるよ」

「襲いかかってくるのか。誰にも秘密ってことは」

「うん」

「ほのかがどんなドッキリするかは、美澄さんや龍之介にも内緒ってことか」

「そう、みんなにも内緒にする予定だよ」

「これから考えるってことは、そのお知らせドッキリはいつから始まるんだ？」

「入学式がある金曜日から、次の週の木曜日の放課後までの一週間の予定だよ」

「なるほどね」

「それで最終日に、お知らせドッキリの答え合わせを撮りたいから……ぷわっ！」

「ど、どうした？」

「ちゃんとカメラが回っているときに、お知らせドッキリを始めますって好位置くんに初めて説明する予定だったのに。今、言っちゃったよー」

「そうか」

ほのちょこちょいが止まらないな、ほのかよ。

「好位置くん。お願いがございます」

ベンチの上で居住まいを正し、悲壮感すら漂うほのかだった。

「なんだ？」

「動画で、お知らせドッキリを始めますって聞いたとき、初耳風のリアクションを取ってほしいです」

もう、これがほのか考案のドッキリなのではないかと思えなくもない。

「わかったよ。任せておけ」

ほのかの顔から一気に悲壮感が消え去り、雲の切れ間からお日様が顔を出したような笑顔になった。

「ありがとう好位置くん、ほんと大好きだなぁ」

「…………」

その、声に好意がぎっしりと詰まった「大好き」発言に、ドキッとさせられたが。

発言したほのかが、気にも留めない様子で次の話題なりに移ってくれれば、こちらも平静を装っていられたのに。

「大好き」発言はどうやら思わず心の声がつい出ちゃった部類のものらしく、ほのかは恥ずかしいことを言っちゃったとばかりに、それはもう赤面して、「えへへへ」と弱った笑みを俺に投げかけてくるから。

おかげでこっちまでたまらなく照れくさくなってしまう。

全く、ぽのか（ぽんこつほのかの略）め。

2

夜。

本日無事退院を迎えた四人のために。

妻夫木家が用意してくれた退院祝い&合格祝いのパーティー会場に、俺はいた。

会場は、札幌有数の高層ホテルの展望フロア。しかも貸し切り！

札幌市内を一望できる空間には豪華料理が運ばれ始める。ローストビーフの上にウニがのってる握り寿司なんて、初めて見た。

フロアのあちこちでは、お世話になった雪幌病院の人々の明るい顔。

俺はお手洗いから戻ってきた龍之介を、とっ捕まえる。

「さっきもトイレに行ってなかったか？　頻尿か？」

「ほのか様の制服姿を初めて拝見したんだぞ。膀胱の一つや二つ、馬鹿になるだろ」

窓際のほうの人の輪に視線をやる。

来月に入学を控えた時計ヶ丘高校の制服を、フライング気味で着るほのかが、大人達と談笑していた。好位置くん似合うかな？　さっき、それはそれは嬉しそうに制服姿を俺に披露していたほのかだった。

「膀胱は馬鹿になっても一つだよ。で、その袴姿は、龍之介の私服か？」

ドレスコードはなかったので、俺はただのカジュアルな私服だったが、龍之介は紋付き袴だった。ここ一年身長が伸び続け、背丈が俺と変わらなくなった龍之介の袴姿は、まあまあ似合ってはいたが……。

「私服でこんなの着るか！　これは今夜、母上が妻夫木家にとっての一大発表があるから、着なさいって」

「一大発表か。龍之介の許嫁は、近松美澄になりましたって件だよな」

※　※

パーティー前、このホテルのロビーに命短し恋せよ男女メンバーの四人は集合していた。

そこで美澄は、許嫁の件を報告した。といっても、当事者である龍之介は既に事情を把握しているし、俺もテレビ塔の外階段で聞いていたので。

初耳だったのは、ほのかだけ。

「わっ！　えええ!!　きょほ！　のはっ!?」

一人で三人分くらい驚いていた。

ほのかから当然といえば当然の感想が出てくる。

「許嫁ってことは、みすみーと妻夫木くんは、両想いだったんだね」

この勘違いを解くのが、最優先事項だった。

ほのかを前にすると、大事な場面ではコチコチになる龍之介に代わり、まず俺が許嫁候補たちと同居生活をしないといけない妻夫木家家訓を説明した。そのため美澄は名目上、許嫁になったとしっかり言い添える。

美澄との許嫁関係は18歳までなら解消することも、他に適格許嫁が見つかれば可能だという話が、龍之介の口から語られて。それは俺も初耳だった。

一通り話を聞いたほのかが言う。

「そっか。みすみーは『もしも妻夫木　龍之介がピンチのときは』の約束を果たしたんだね。ねえ、妻夫木くん」

龍之介が「はい！」と、アイドルに呼びかけられたファンみたいな返事をした。

「わたしにもできることがあったら言ってね。そのときはいつでも助けにいくからね。えへへ」

「ほのか様……！」

感極まっている龍之介に、俺も言う。

「ピンチのときは言ってくれよ。俺も助けにいっからな」

ほのかの余韻に浸っている龍之介から反応はなかった。それを見ていた美澄が俺に身体を寄せ、

「きみの声は、龍くんの意識には届かず、鼓膜を無駄に震わせただけのようね。ふふっ」

楽しげだな、おい。

※　※

展望フロアの観音開きの扉が開き、着物姿の淑女が登場した。

龍之介の母・和千代さんだ。

そして和千代さんに導かれるように、パープルのフォーマルなロングドレスに身を包んだ美澄がやってきた。

15歳女子のドレス姿なのに、ピアノの発表会っぽさというより、結婚式の二次会っぽさが漂っているのは、ひとえに美澄の大人びた雰囲気によるものだった。許嫁の発表があるから、これから着替えるわと、さっきホテルのロビーで聞かされていたが。初めて見る美澄のドレス姿に、俺は目を奪われていた。

「みすみー、綺麗」

ほのかの感嘆の声も漏れていた。

和千代さんはフロア全体を見渡せる位置に移動すると、全校集会でステージに校長が登場したように、会場の空気が引き締まった。

「皆様方、本日はお忙しい中、お集まり頂きありがとうございます。

雪幌病院の皆様におかれましては、多大なご尽力を賜りました。龍之介の入院生活は、この場にいる皆様のおかげで、とても豊かなものになりました。心より御礼申し上げます」

和千代さんが、恭しくお辞儀をした。拍手。

退院祝いと合格祝いの言葉が式辞のように厳かに続き、そして。

「――我が妻夫木家では、家督を継ぐ者は同じ苦難を乗り越えた者を生涯の伴侶とするべしという家訓がございまして。

龍之介も高校生になり、妻夫木家の家督を継ぐ者として、生涯の伴侶を見つけなくてはいけない年頃です。ですが同じ苦難を乗り越えた女性というのは、そうそう見つかるものではありません。そのため従来ですと、妻夫木家で用意した特別誂えの苦難を、龍之介と許嫁候補の方には乗り越えて頂くのですが。しかしながら龍之介のそばには、大病克服という大変な苦難を共に乗り越えた素敵なお嬢さんがおりました」

和千代さんの視線が一瞬、入口のそばに立つ美澄に向けられる。

「本日の退院祝いパーティーの挨拶の席ではございますが、発表がございます」

どこにスピーカーがあるのか、ドラムロールが低く響きだす。

否応なく、展望フロアの期待が煽られて。

「妻夫木家家訓に基づき、龍之介の許嫁は、近松美澄さんに決定いたしました！」

驚きの歓声があがる。

美澄がなぜドレス姿なのか、わかっていなかっただろう雪幌病院の人々などは、そこで腑に落ちたようだった。

和千代さんの発表内容が予想できていた俺は、落ち着いたものだ。

ただ、冷静でいられた時間は短かった。

なぜかというと、

「つきましては、美澄さんの親御さんともお話しさせて頂いたのですが。許嫁同士ですから、龍之介と美澄さんには、今夜から同じ家で暮らして頂くことになります！」

そんな発表がされたんだから。


「なあ龍之介。お知らせドッキリが始まるのは、入学式の日以降だよな？」

そう言うだけ言ってみたが。

これが和千代さんまで仕掛け人に使ったお知らせドッキリの前倒しじゃないことは、隣の龍之介の漂白された顔を見なくてもわかった。

俺の声はまた龍之介の鼓膜を無駄に震わせただけのようで。

「ボクと美澄嬢が同居……？」と龍之介は、へたり込む。

和千代さんの挨拶は、乾杯で締めくくられ、会場はご歓談タイムに突入。

ローストビーフの上にウニがのってる寿司だって食べ放題なのに、グルメを楽しめる次元にいなかった。

俺と龍之介のもとに、ほのかと美澄がせかせかやってくる。

四人だけで話がしたいね、って空気が言葉もなく溢れる。

紋付き袴男と、私服カジュアル男と、高校の制服女子と、紫のドレス女子の四人組は、展望フロアの隅へと向かった。

その一角は食事が並んだスペースよりも光量が絞られていて、夜景が見やすくなっていた。さっぽろテレビ塔のイルミネーションが遠く賑々しく輝いている。

ドレスの美澄が誰に向けてか「ごめんなさい」と、いきなり謝り出した。

「うちのお父さんは、私と龍くんが同居生活することで安心したんだと思うわ」

「どういうことだ？」と俺。

美澄は退院後、お父さんと二人暮らしをする予定だった。

ただ、美澄のお父さんは夜勤で。夜に美澄を一人きりにするのに不安を覚えていた。また病気で倒れ、誰にも気づかれないままの娘の姿がよぎるそうだ。そのため、札幌から離れた帯広に住む祖父母の家に美澄を預ける、という計画もあった。

その話をほのかや龍之介の前でもした美澄が、付け加える。

「私が札幌に残っていいことになった大きな決め手は、たぶんこの同居計画が親たちの間で進んでいたからだと思う」

「まあ確かに、龍之介がいるなら、夜に一人きりにならないで済むだろうけど……。美澄さんの親父さんは心配しないのか？」

「心配って？」

「まだ15歳の娘が、どこぞの馬の骨と同居することを」

「こらベスポジ！　誰がどこぞの馬の骨だ！」

「お父さんは、龍くんを娘の命の恩人だとすごく感謝してるもの。許嫁の件だって、反対されるどころか大喜びされたんだから」

退院後の美澄が札幌を離れて、別の高校に行くかもしれなかった可能性を、初めて知ったほのかは声がもう必死になっていた。

「みすみーと離ればなれなんて絶対やだよっ。おんなじ学校に通って、楽しい思い出一緒にいっぱい作るんだもん」

「のかちゃん……。私も一緒に楽しい思い出いっぱい作りたいわ」

美澄は、抱きついてきたほのかの頭を「おーよちよち」と撫でまわす。

「もしボクが母上に掛け合って、今夜からの同居を止められることができても……。その場合、美澄嬢は札幌から離れることになって、同じ学校には通えなくなる。そういうことですか」

「そうなるかな……」

蒼化症が治癒に向かっていく中で、いつも四人で受験勉強を頑張った。四人で同じ高校にという目標があった。そして四人とも同じ高校に受かった。

そんな命短し恋せよ男女四人の未来予想図は、二通りに分岐してしまった。

美澄と龍之介が一緒に暮らし、四人一緒の同じ高校に通える未来か。

美澄だけ遠い街で暮らし、美澄以外の三人で同じ高校に通う未来か。

「…………」

隣にいる龍之介の葛藤が、伝わってくるようだった。

ほのか一筋の男だ。美澄との二人暮らし展開には、困惑しているんだろう。

だからといって、この段階で同居を拒み、美澄が札幌を離れることになったら、ほのかは酷く悲しむわけで。

ほのかが悲しむことの決定を、龍之介はできないだろう。

さらには、同居がＮＧとなれば、美澄は許嫁失格の烙印を捺されてしまうかもしれず。そうなれば、当初の予定に戻り、龍之介は許嫁候補たちとの代わる代わるの同居生活に……。

どうしたものか……。

悩める四人。

沈黙を破ったのは、龍之介だった。

「なあ、ベスポジ。ボクがピンチのときは、助けてくれるんだよな?」

「ああ、そのつもりだが」

龍之介は、急病者が現れた機内で、乗客の中にお医者さんを見つけた客室乗務員がこういう顔をするんじゃないかというような、有無を言わせぬ表情を俺に向ける。

「今がそのピンチだ。助けてほしい」

「助けたいのは山々だが。俺にできることなんて、あるのか?」

樹木医なんですが、と名乗ったのに、お医者さんには違いないとばかり急病者のもとに連れていこうとする客室乗務員がもしいたら、こういう顔をするんじゃないかというような、無茶も承知といった表情で龍之介は、

「ボクと美澄嬢の同居生活に、ベスポジも加わってくれ!」と言い放った。

…………え?

俺と龍之介と美澄さんが一緒に暮らす?

なんだその新しい未来予想図は。

二つに分岐していると思っていたところに、想像外の三つ目が生まれた！

龍之介は美澄に向き直り、

「先走ってしまったんですが。美澄嬢は、ベスポジも入れた三人暮らしでも大丈夫ですか？」

「……石田くんと」と、か細い声で漏らす美澄は、「……うん」と、謎の初々しさを感じさせる頷きを見せた。

美澄は、俺と暮らすの、別にいいのかよ⁉

三人暮らしって？

なんだ、この急展開。

話についていけていない俺に、龍之介は言う。

「なにはともあれベスポジのお袋さんが、許可してくれないことにはな。お袋さんを説得してきてくれないか」

「えっと、無理をしてでもか？」

「すまん、無理をしてでも頼む」

龍之介は、原始の火起こしでもおっ始めたように手をスリスリさせ、俺を拝みだした。

『もしも妻夫木龍之介がピンチのときは無理をしてでも助けに行くよ』の約束か。

その約束を果たせるのなら、俺だって果たしたい……。

「わ、わかったよ。ちょっと待っててくれ。母ちゃんに話してくる」

俺は、食事が並んだスペースに移動した。

和洋中のご馳走には見向きもせず、フルーツが並ぶ一角にいた母ちゃんは、ホテルの人に用意してもらったのか、ミキサーにフルーツを放り込み、パーティー会場には相応しくないモーター音を響かせていた。

ミキサーは止まり、出来立てのそれをコップに注いでる母ちゃんに、俺は近づいていく。

「美味しそうなジュース作ってるね」

「あら好位置。ザクロも入れたのよ。お肌にいいの」

「ザクロの中に入っているのはどちらさんだっけ？」

「エラグ酸よ」

母ちゃんを、一言でいうと美魔女で。二言でいうと、シングルマザーの美魔女だった。

「大会が近いんだっけ？」と俺が話題を振ると、

「……そ、そうなの、よ」

どうしたんだろうか。急に歯切れが悪くなった。

作りたてのジュースに手をつけていない母ちゃん。なにか言いづらそうにしているのに気付いた。水を向けると、

「……実は、好位置にちょっとお願いがあって。我が家なんだけど、実は今、大会前に美を磨き上げる乙女たちが集ってて」

俺が長期入院している間、我が石田家は、美しさを競う大会を控えた女性達が最後の追い込みのために駆け込んでくる——美の強化合宿所、もとい、シェアハウス化していた。

「みんな優しい良い子でね。もともとは好位置の入院で、家にひとりになったワタシを元気づけようと、毎日のように代わる代わる来てくれて。好位置もすぐに打ち解けられると思うの」

「俺への、ちょっとお願いってというのは……。住人が増えたけど、気にしないでねってことかい？」

頷く母ちゃん。俺は大事なことをハッとして思い出していた。

「美を磨き上げる乙女の皆さんは常に自分のボディラインを意識できるように、もれなく半裸で暮らしているんだっけ？」

「そんなことないわよ」

「だよね。良かった」

「全裸の子もいるから」

「…………」

「あ、心配しないで。みんな、露出癖があるとかそういうんじゃないから。あくまでワタシの愛息子になら、見られても大丈夫って話だから」

心配だよ！

母ちゃんの思考回路がなにせ心配だよ！

俺を女手一つで育ててくれた美魔女の母ちゃんは、昔からエネルギッシュな人だったが。年頃の息子を、全裸と半裸の女の園に放り込もうとするほど、非常識ではなかったはずだ。

俺は、努めて想像してみる。

唯一の家族であるひとり息子が、中学生にして余命宣告という過酷な現実を突きつけられた、シングルマザーの心を。

きっとその心には、未曾有の負荷がかかってしまったことだろう。その負荷に耐え続けた代償か。

母ちゃんの心は、変調をきたす。

例えばそれは、常識や道徳を司る心の正常な働きだったり。

そして、一度変調をきたした心は、余命宣告を受けたひとり息子が学校に通えるほど回復したとしても、おいそれとは元通りにならないのだろう。

母ちゃんは悪くない。悪いのは病気だ。もう、むりやりにでもそう思うことにした。

ああ、親不孝かけたね。母ちゃんが多少（？）非常識な人になっても、俺は大丈夫。ヒいたりしないからね。

絶句する息子をどう捉えたものか。母ちゃんは言う。

「好位置が気になるようだったら、全裸の子には絆創膏とかつけてもらうわね」

どこに絆創膏!?

母ちゃん、ヒくよ。ヒいたりしないからねって、心の中で誓ったのに、最速でヒかせないでくれ！

「母ちゃん、実は俺からちょっとお願いがあるんだけど」

俺は、実母の美魔女活動を応援したい。我が家で美を磨き上げる乙女たちの邪魔にはなりたくない。美の強化合宿所に、美容意識の低い思春期男子はお呼びでないだろう。

「今夜から龍之介と美澄さんが同居するわけだけどさ、そこに俺も――」

※　※

展望フロアの片隅に戻ってくるなり。

待ちきれない！　って顔をした三人に、取り囲まれた。

「みすみーと妻夫木くんとの同居について、好位置くんのママはなんて？」と、ほのか。

「寝耳に水の話だったんだから、言語道断って反対されちゃったでしょ？」と、美澄。

「ベスポジ、無理をしてでもの説得は、ちゃんと試みてくれたんだよな？」と、龍之介。

対して。

「無理をしてでもの説得は、できなかったよ」と、俺。

龍之介の紋付き袴の肩が、ガックシと落ちる。

(あ、この言い方は誤解を招いているな)

「というか、説得するまでもなかったんだ」

どういうこと？　って顔をした三人に、言う。

「俺が龍之介や美澄さんと共同生活をしたいと言ったら、母ちゃんはその、我が家をちょっとアレな場所にしちゃってる負い目があったのか。共同生活を許してくれたんだ」

ちなみに、月に一回は家に帰って、親子水入らずの夕食を過ごすという約束もした。

「アレな場所ってなにかしら？」と美澄。

美を磨き上げる女性たちが半裸や全裸で暮らす場所だ。

そんな説明は、俺に恋してくれているほのかにも、元カノの美澄にもしたくはない。

俺は、「というか」と話題を全速力でそらした。

「和千代さんのほうは、俺が同居暮らしに加わることを許可してくれるのかよ？」

龍之介は、「それは問題ない」と、胸を張る。

「ベスポジ以外のやつだったら、まずダメだったろうが。そこは雪幌病院で一緒に闘病した仲間だからな。母上も納得してくれた」

「納得してくれたって、もう許可取ってるのか？」

「ベスポジがお袋さんのところに行ったときに、ボクも母上のもとに掛け合ってきたんだ」

「そうか」

俺の母ちゃんも、和千代さんも許可してくれる。

これでなんの問題もなくなった。

まさか本当に、今夜から俺と龍之介と美澄の三人暮らしが始まることになろうとは！

でもこれで。

美澄は札幌から離れて、俺たちと違う学校に通わなくて済み。

龍之介は、ほのか以外の女性と二人きりの同居生活をしなくて済んで。

俺は、美の強化合宿所で寝起きしなくて済む。

新生活における望まぬ展開が回避できた俺たち三人の顔は、晴れやかだった。

だが、

「いいなぁー。三人は一緒に暮らすんだね」

ほのかだけは、どこか遠い笑顔を見せていた。

「ほのか」「のかちゃん」「ほのか様」

両親のいないほのかは、退院後は札幌にいる親戚の家で暮らす予定になっていた。

ただ、そのほのかの親戚を、俺たち三人は見たことがなくて、それが気になっていた。市内に住んでいるのに、見舞いに訪れた様子がないのだ。今日の退院パーティーだって、俺の母ちゃんや美澄の家族は来ているが、ほのかの親戚も誘われていたはずなのに、不参加だった。

ほのかが言う。

「みんなが暮らすおうちに、わたし、遊びに行っていいかな？」

「もちろんだ。いつでも来てくれよ」

俺の言葉に美澄も強い同意を示すように、ほのかと両の手を繋ぎあった。

龍之介も、ウェルカムを力強く伝えようとしたのだろうが、気合いが入りすぎでそうなったのか、無残なほど噎せていた。

「……遊びにいくの楽しみだなぁ。えへへ」

「ほのか……」「のかちゃん……」「ほのか様……」

親戚のもとでほのかが送ることになる新生活の様子がわからなくて……。

だから「そっちの家にも遊びに行くから」なんて、気軽に言えないことが、なんだか寂しかった。

ほのかの名前を呼んだきり、あとは言葉にならなかった俺たちが、重苦しい沈黙に包まれる二秒前——。

項垂れていた龍之介が「ほのか様」と顔を上げた。

「……実はうちの家訓にですね。妻夫木家の人間が共同生活をするときは、奇数であるべからずというのがありまして。ボク、美澄嬢、ベスポジ。このままでは奇数で。ボク、ピンチなんです」

龍之介が、嘘家訓を口にしたのだとは、俺に目配せをしてきた美澄もわかっているようだった。

「妻夫木くんのピンチ……」

呟くほのかに、龍之介はここぞとばかりに畳みかける。

「ほのか様、『もしも妻夫木龍之介がピンチのときは無理をしてでも助けに行くよ』の約束を、果たしてもらってもいいでしょうか？」

驚いているほのかは「それって……」と呟く。

「あ、あの、つまり……」

龍之介は大好きなほのかに見つめられて、頬をバラ色にして、コチコチになっていた。

あと一言が出てこないようだ。ほんの一瞬、俺に視線を流した。ベスポジ頼むよう。

龍之介の代弁をしてやるか。

「なあほのか、龍之介のピンチなんだ。俺たちと一緒に暮らしてくれないか」

「ぴゃあああああ！」

ほのかの歓声が響いた。


そのあと。

俺たちは和千代さんに話をしにいった。

龍之介と美澄の共同生活に、俺が加わることをなんなく許してくれた和千代さんは、そこにほのかが加わることを、

「ほのかさんのご親類の方のご許可を頂ければ、妻夫木家としましては——」

すんなり受け入れてくれた！

そして和千代さんは、公の場にて着物姿で「家訓」を口にする貴婦人には似つかわしくないほど（大いなる偏見）、圧を感じさせない至ってソフトな物腰で、ほのかの親戚に連絡をしてくれた。

あっけないほど簡単に、親戚の方はほのかの共同生活を認めてくれた。

こうして。

退院後の俺たちは、別々の屋根の下での暮らしに——

ならなかったのだ！

3

退院パーティーが終わると。

俺たちは、妻夫木家の使用人の方が運転するリムジンの車内にいた。

車のシートなんて、どれも大差ないものだと思っていた俺は世間知らずのお子様だった。

リムジンシートの座り心地ときたら！

今度いつありつけるかわからないくつろぎをむさぼる俺のそばで、ほのかは「キレイだなー」と窓の外の流れる景色に、夢中になっている。

数分前。まるでテーマパークのアトラクションに乗り込むような、ワクワクした顔で乗車したほのかに。

「ずっと入院患者だった俺たちは、車に乗るの久しぶりだもんな」と声をかけたら、

「えへへ。こういう、ええと、バスじゃない車に乗るの、初めてなんだわたし」

と言うから、驚いた。

人生で初めて乗ったバス以外の車が、リムジンというのは凄い話だな。

「なにがキレイなんだ？」

「夜のコンビニって。あんなに光が溢れてるんだね。すごいなぁ」

「………」

15歳のほのかは、その長い病院暮らしゆえ、もしかしたら夜のコンビニを生で見たことないのかもしれなかった。

俺はその天然記念物的「社会の手垢のついてなさ」に、胸を打たれかけた。向かいを見ると、龍之介は完全に胸を打たれた顔をしていた。

コンビニ前を通り過ぎるたびに、喜んでいたほのかが、ひときわ「なんだあれ！」と弾んだ声を上げた。

「あそこに光の宮殿があるよ！」

「あれは、うーん、パチスロ店かな」と俺。

「しゅごいキレイだなぁ」

パチスロ店の明かりですら感激するほのかを、見つめる熱っぽい視線に気付いた。正体は、可愛いものに目がない美澄だった。

俺と目が合った美澄が、広いリムジンの車内、こちらに身体を寄せ、ひそひそ声で囁く。

「こんなピュアで可愛い娘と、今日から一つ屋根の下。ぞくぞくするわね。ふふっ」

「ご機嫌だな、美澄さん」

「きみはなにを落ち着いているわけ？　ムカつくわね」

「俺が落ち着いてたら、ムカつくってどういうことだ」

「一緒に暮らすってことは、わかってるの？　きっとアレだって起こっちゃうのよ」

「アレってドレだよ？」

「嬉しさのあまり、その日から絵日記を始めたくなるような、ラブコメ的あれやこれやよ」

「絵日記始めるって、相当テンション上がってんな。あれやこれや？」

「例えばそうね。のかちゃんとこないだ見たアニメでは、ひょんなことから同居することになった高校生の男女が、ひょんなことから一緒にお風呂に入っていたわよ」

「ひょんなことづくし。ってかなんつーアニメ見てるんだよ」

「のかちゃんが、来たるべき高校生活のイメトレのために、学園ラブコメのアニメを見たがったのよ」

「さいですか」

「あぁ、のかちゃんとの暮らし。これは闘病と受験を頑張った私へのご褒美ね。ふふふっ」

リムジンの車内でほくそ笑みながら、「神様ありがとう」と呟く美澄から視線を剝がし。

俺はこれから一緒に暮らす、まともな同居人の姿を探すが、

「ほのか様がお望みならば、ボクたちの住居の外観をイルミネーションで飾り付け、光の宮殿にしてみせますよ」

と言っているやつが、見つかっただけだった。
龍之介よ。ほのかを喜ばせたい精神はわかるが、あまり大袈裟なことは言わないほうがよくないか？　一戸建ての外観をイルミネーションで飾り付けたら、光の一戸建てにはなるだろうけど、さすがに光の宮殿ってのはさ。

「……住宅地に宮殿が」

車移動の末、辿り着いたのは、市内の高台にある閑静な住宅街。というよりも屋敷が建ち並ぶ邸宅街。

リムジンから降りた俺たちの眼前には。

宮殿と呼んでも、必ずしも「大袈裟だよそれ」と笑い飛ばせない規模の豪邸が、月下に堂々と佇んでいた。

ただ眺めていると、俺のイメージの中にあった宮殿とは、正反対の印象を覚える。

というのも宮殿という言葉に想起される、よく言えば歴史がある、悪く言えば古い建築物感というのが、目の前の豪邸にはなく。街灯に照らされたその外観は見るからに築浅で、なんなら新築に見えたからだ。

これこそ、妻夫木家が所有する、龍之介が許嫁候補たちと同居するために用意された住居だという。

「これからここを自分んちだと思って暮らしてくださいです」

そう言った龍之介が鍵を開け、扉を抜ける。

外観では、何ＬＤＫなのか、想像もできない家だったが。

玄関に入っても何ＬＤＫか、見当もつかない家だった。

モダンな玄関スペースは、二人同時にフラフープができるほど広く、本気のジャグリングができそうなほど天井が高かった。

「……お、お邪魔します」

「こらベスポジ、家に帰ってきたら、『ただいま』だろ」

自分んちだと思って、と言ってもらえたが。

家そのものから発散されるラグジュアリー感が凄まじく、お邪魔しますしか出てこなかった。

「ボクがここで『おかえり』って言うから、もう一回玄関を開けてこいよう」

俺と、さらに美澄もほのかも、「ただいま」の練習をすることになった。

三人はいったん外に出て、これだけで資産価値がありそうな重厚な玄関扉を開ける。

俺たちは廊下の龍之介に向けて、言う。

「「「ただいま」」」

「…………」

おかえりが聞こえてこない。

龍之介は、コチコチになっていた。

おそらく、ほのかから初めての「ただいま」に、感極まっていると思われた。

俺と美澄は目配せをして、小さく笑った。龍くんってば仕方ないね。

さあ、今後は龍之介がちゃんと「おかえり」を言えるように。

おかえりの練習をしようか。

※　※

リビングに辿り着くと。

だだっ広いが故に、どこに座ればいいのか迷う。ポジションを決めずに始まったサッカーのように突っ立っている俺。

「くつろいでください」と龍之介。

「ああ、くつろごうぜ」と俺。

「くつろぎましょうね」と美澄。

言えば言うほど、くつろぎから遠ざかる掛け声が飛び交っていた。

入院生活中、毎日のように顔を合わせたお馴染みのメンツなのに。

面接官がまだ来ていない面接会場に集ったバイト希望者のような、居心地の悪い緊張感が漂っている。

（……どうにも落ち着かないな……）

無理もない。

なにせほんの数時間前までは、一つ屋根の下暮らしになるなんて考えもしてなかったのだ。圧倒的な、心の準備不足。

ひとまず身体的にだけでも、くつろげるように努めるべきだ。

案外、身体的にリラックスできれば、心のほうもつられて、リラックスできるものかもしれない。

というわけで。

俺たちは、まず着替えようという結論に至った。

「部屋着……。どうしよう」

ほのかが俺と美澄の気持ちも代表して言うと、龍之介が胸を張る。

「ご安心ください。この家はそもそもボクと許嫁候補が即日暮らせるようになってるので。部屋着の用意はバッチリです」

ほのかの顔が、パッと華やいだ。

「わっ！　病衣以外を着られるなんて楽しみ。えへへ」

「龍くん、いいの？　お借りしても？」と美澄。

ほのかを喜ばせられた龍之介は、ホクホク顔で頷く。

「どうぞどうぞ、好きなのを選んで着てやってください」

龍之介は、女性専用の衣装部屋に二人を案内していく。

口頭で場所を伝えるだけだと、辿り着けない恐れのある家だ。広すぎる。

ややあって龍之介が一人、リビングに戻ってくると、俺は言った。

「じゃあ、俺たちも部屋着に着替えようぜ」

「………なあベスポジ」

神妙な表情を浮かべた紋付き袴の龍之介だった。

「どした？」

「……ボク達はさ、これから暮らすわけじゃないか」

「まあ、そうだな」

「15歳の男女四人が一緒に暮らす際に、男子であるボク達がしておくべき心得って……。なにがあるだろうか？」

「人生初の問題に直面だな」

心得か。

その前に、ひとまず部屋着に着替えないかと思わなくもなかったが。

あまりに龍之介の顔が真剣だったから、一回ちゃんと考えてみた。

で、最初にすぐ出たのが。

「……ほのかや美澄さんのことを、異性としてそんな意識しないほうがいいかもな」

龍之介は、晴れているのに雨が降ってきた空でも眺めるような、おかしな顔をした。

「異性として意識しない？　ほのか様と美澄嬢を、男だと思えと？」

「伝え方がわかりにくかったな。つまりハッキリ言っちゃうと」

「うんうん」

「女子と一緒に暮らす男子の心得としては、同居する女子のことを、なんていうか、性的な目で見るのは気をつけようってことだ」

ほのかも美澄も、二人揃って美少女北海道選抜みたいなルックスをしているわけで。

余命宣告が取り消され、健全な男子をことさら自負したい身としてはそういう目で見てしまうのは、まあ仕方ないかもしれないが。

その視線を女性陣にバレるのは、避けたいところだ。

「……せ、せいてきなんて。そんな目ダメに決まってる！」

龍之介は、街一番のシャイボーイみたいに顔を赤らめていた。

「もし貴様がほのか様をそんな目で見ていると気付いたときには……、ボクは忘れちゃうからな！」

「忘れちゃうって、なにをだ？」

「我をだ」

「我をか。で、我を忘れた龍之介は、どうなっちまうんだ？」

「ベスポジの網膜にペナルティを執行するはめになるだろうな」

「網膜にペナルティを執行って言葉、めちゃ怖いな。俺は目潰しでもされんのか？」

「んな危ないことするか！　ベスポジが怪我するじゃないかよう」

「優しき男よ」

　我を忘れても、俺の身の安全を気にかけてくれているんだな。

「じゃあ、網膜のペナルティっていうのは、なんだ？」

「ベスポジの眼前に手鏡を突きつける」

「眼前？　手鏡？」

　それがペナルティになるのか？

「まさかだけど……。手鏡によって、性的な目をしてしまった自分の興奮した顔を見て、その高ぶった気持ちをスンとさせるペナルティか」

「ご明察だ」

「ご明察しちゃったかぁ」

「ただ、気持ちがスンとするぐらいで済むかな？」

「ん？」

「興奮しているベスポジの顔を見るなんて悪夢だろう。ベスポジの具合が悪くなったときのために、ビニール袋も用意しておかなきゃな」

「優しき男よ。ビニール袋はいらねえな。こう見えても、俺は自分の顔で具合が悪くなって、吐き気に襲われたことがないんだ」

「なら、手鏡だけ用意すればいいんだな。衣装室にあったかな」

「衣装室か。じゃあ行こう」

　こうして、俺と龍之介は、やっと着替えに向かったのだった。

　男物専用の衣装部屋があるという事実にも驚いたが、そこのラインナップにはさらに面食らうことになった。

　ジャージ。作務衣。スーツ。バスローブ。道着。タキシード。軍服。海パン。着物。貸衣装屋（行ったことないが）か、ここは。

龍之介は、金色のシルクのパジャマに着替えた。今朝までの入院生活と同じ、見慣れた格好だ。クローゼットの中には金と銀のシルクのパジャマが、どういう種類のお戯れなのか、十着以上はありそうだった。

　パジャマの枚数を目で数えていた俺に、龍之介が含み笑いで言う。

「ベスポジめ、そんな羨ましそうな目で見て。シルクのパジャマいいだろう?」

羨ましそうな目をした覚えはないが、

「龍之介の色気を存分に醸し出す、セクシーなお召し物だよな」

適当に言ってみた。

自分への褒め言葉は、街角で配られるティッシュより素直に受け取る龍之介は、気をよくした顔で、

「フフーン、ベスポジもシルバーのパジャマを特別に着ていいぞ」

シルクのパジャマのペアルックか。

それはいつかの罰ゲームに取っておこう。

「ありがとよ。遠慮するよ」

俺は結局、選択の余地がありすぎる衣裳部屋で、未使用感バリバリのスポーツブランドのスウェット(紺)を選んだ。

着心地がよかったし、男子学生の部屋着のお手本みたいな、普通っぽさが気に入った。

着替えた俺たちがリビングに戻ってくると、まだほのかと美澄の姿はなかった。

「ボクは、みんなの分のハーブティーでも入れてこようかな」

龍之介の気遣いに、俺も手伝わせてくれと言うと、

「ベスポジはここにいてくれ。リビングに誰もいないと、お二人が不安に思うかもしれないし。それに、ボクはその、ハーブティーをまず自分の分だけ、速やかにがぶ飲みしたいんだ」

「そんなに喉渇いてたのか？」

「ベスポジよ、ハーブティーにはリラックス効果があるのを知らないのか？」

「なぜハーブティーのリラックス効果について話しだしたんだ？」

「今にも、ボクの前に部屋着姿のほのか様が来るんだぞ。その瞬間が近づくにつれ、否が応でも落ち着かない気持ちになるだろう」

「あ、それで、ハーブティーが飲みたいってわけか」

「む、ベスポジはなにを落ち着いているんだ？　ムカつくやつめ」

「おい、ちょっと待て。マジで教えてほしいんだが、俺の落ち着いている姿は、人の神経を逆なでするなにかがあるのか？」

短い時間で二人から同じようなことを言われて、さすがに気にした俺に構うことなく。

「カモミール、ローズヒップ、落ち着かなきゃ」

ハーブティーのリラックス効果に、全幅の信頼を寄せる男がリビングを飛び出して行った。

「女子の部屋着でいちいち緊張なんてしていたら、共同生活もたないだろ」

リビングでひとりごちた俺だった。

ほどなくして、ほのかと美澄がリビングに戻ってきた。

（着替え、時間かかったんだな）

投げかけようと思っていたそんな言葉は二人の姿を見るや、

「…………」

声になることなく消し飛んだ。

肩や袖口が膨らんだ黒のショート丈のワンピースは、どっさりとフリルをたくし込んでいて。

その上には、白のレースで縁取られたエプロン。フリルのスカートの下、ニーハイソックスが眩しいほど白く、ふとももののところにはリボンがあった。

生で見るのは初めてだったが、これは世にいうアレだ。

メイド服だ！

しかも、高貴な人の身の回りの世話をこなす実用性よりも、見た目の可愛さに特化したほうの！

ほのかは、はにかんで、美澄の身体に半身隠すようにして言う。

「どうかな？　変じゃないかな」

「…………おっふ」

満開の桜並木とか、夜空に打ち上がる花火とか。感動的なものを不意に目の当たりにしたときに出る声が、思わず漏れてしまった。

そんな俺の「おっふ」を、美澄が見逃してくれるわけもなく、

「のかちゃん見て。あなたの格好に見とれた発情期のオスが、求愛の鳴き声である『おっふ』を上げたわ」

「え、こ、好位置くん、求愛してくれてるの……？」

頰を朱に染めるほのか。

鵜吞み！

純粋なほのかよ、鵜吞みが過ぎるよ。

俺はいち早く訂正すべきだったが、どこからどう訂正するべきか考えあぐねて、おたおたしているうちに、

「わ、わたし。ごめん、ちょっとおトイレ行ってくるね」

照れ臭さに耐えられないといった様子で、ほのかが逃げるようにリビングを出て行った。

「はぁ、のかちゃん、マジで可愛すぎてしんどいわ。……うへへ」

可愛い子に目がない美澄の、よだれを垂らしかねないだらしない恍惚の顔を見て、俺は冷静さを取り戻せた。

「おい、誰が発情期のオスだよ。ほのかにでたらめを吹き込むなよ。だいたいなんで部屋着がメイド服なんだよ。美澄さん、乗せたな？」

「乗せたってなによ？」

「口車に、だよ。ほのかがメイド服を着るように、そそのかしたんだろ？」

「うっわ、酷い決めつけ」

　メイドが肩パンをしてきた。彼女の利き手じゃない右なので、一応痛くない。俺に対して、怒ったときにする美澄の癖だ。

「私ならしかねないけど、今回はそそのかしてないから」

　しかねないとは、自覚してるんだな。

「だってのかちゃんってばね、ずっと入院していたからなのか。知らないのよ」

「知らないってなにがだ？」

「女の子が、部屋着になにを着るのが一般的かってこと」

　一般的？

「衣装部屋でね、のかちゃんが最初にキラキラした目で手に取ったのは、チャイナドレスだったのよ。そして言うの。『これに着替えるのってどうかな？』って」

「マジか」

「初日の部屋着として、メイド服がオススメじゃないかなって言ったら、のかちゃんはニコニコして着替えてくれたの」

「いや、結局そそのかしているじゃねえか」

「でも、のかちゃんのメイド服姿、見られてよかったでしょ？　だって石田くんってば見とれた挙げ句、『おっふ』してたものね。ふふっ」

おっふの一件を言われると、どうにも小っ恥ずかしさがぶり返される！

「ほら、ご主人様、正直になって。可愛かったですって言ってごらんなさい」

人をご主人様と呼びながら、追い詰めるってどういうメイドなんだよ。

「あ、いや、ちょ、近づいてくるなよ」

迫ってきた美澄のフリルスカートとニーハイソックスの間にのぞく、色白の太ももに、目が行ってしまう。

「ほおら、素直になって、ご主人様」

美澄は、Sっ気が混入したねっとりとした笑みを浮かべてやがる。

これは俺が素直に言うまで、逃がす気はなさそうだ。

俺は俯き、降参するように言う。

「ああそうだよ。二人ともその格好が似合ってて、すごく可愛かったから。つい『おっふ』って言っちゃったんだよ。悪いかよ」

哀れな自白をした俺を、美澄のやつはさぞやご満悦な表情で眺めているものと思い、顔を上げたら。

（…………ん？）

美澄の顔は、なぜかほんのり赤みが差していた。

「美澄さん？」

「……二人とも……似合ってて……すごく可愛かった……」

目の前のメイドが自分の身体を抱くように、もじもじしている。

えっと。

俺を追い詰めていた、Sっ気がひどいメイドはどこにいったんだ？

「……きみの発情の鳴き声『おっふ』には……、私も含まれてたんだね……」

「まあ、そうだけど。ってか、発情の鳴き声じゃなくて、求愛の鳴き声だろ。いや、求愛の鳴き声でもない」

「おっふ。おっふ」

「お、おい。なに急に俺の『おっふ』のモノマネ始めてんだよ」

やめろそれ、ほんと恥ずかしくなる！

「ふふふ、どうしたの？　顔赤いわよ」

「美澄さん、そのメイド服さ、似合っててすごく可愛いね」

「…………」

「どうした？　顔赤いぞ」

俺が美澄からなぜかまた肩パンをもらい、トイレからほのかが戻ってきた。

——そして。

メイド服に見とれた男子と、メイド服姿を可愛いと言われて照れた女子しかいないリビングに、ハーブティーをがぶ飲みしてきたのであろう男子が、みんなの分のハーブティーをお盆に載せてやってきた。

ほのかがメイド姿になっているなんて、予期できているわけもない龍之介が動揺のあまり、手に持つお盆をひっくり返しそうになったら、俺はそれをキャッチしようと。

メイドほのかを、今まさに初めて目の当たりにする龍之介の一挙手一投足を注視していたら——

「とてもよく似合っていますね。お二方、サイズはちょうど良かったですか？」

いやに落ち着き払った紳士の声が、なぜか龍之介の口から聞こえてきた。

ついさっきのパーティー会場では、ほのかの制服姿を初めて目にし、膀胱の一つや二つが馬鹿になった男が、どういうわけか涼しい顔をしていた。

(あまりの幸せな光景に、脳の理解が追いついてないのか？)

「ホワイトブリムも衣装室にあるんで、好きに使ってください」

「妻夫木くん、ホワイトブリムってなあに？」

「頭飾りです。レース付きのカチューシャみたいな」

「いいわね！　のかちゃんがますます可愛くなりそう！」

「ホワイトブリムも、ほのか様と美澄嬢につけて貰えるのを待ってますよ」

イケメン俳優みたいな立ち居振る舞いの龍之介はキザなセリフを吐き、メイド娘たちはリビングをきゃっきゃと出て行った。

パラレルワールドに迷い込んだような一連のやりとりに呆気に取られていた俺は、心に浮かんだ言葉をそのまま龍之介にぶつけた。

「Why？」

「ベスポジよ、ホワイじゃなくて、ホワイトブリムだぞ」

「お前さんはいったいどしたよ？」

「どしたよってなにがだ？」

「ほのかのメイド姿に、なぜ錯乱していない？」

「なぜ錯乱していないってどういう疑問だ？　ボクは入院中、ほのか様の病衣姿を見ても、錯乱はしてなかったじゃないかよう」

「疑問が一向に晴れないな。なんで病衣が引き合いに出されるんだ」

「そりゃ、入院中に病衣姿の女性を見るのも、自宅でメイド服の女性を見るのも、ごく当たり前のことだからじゃないか」

「…………ん？」

ごく当たり前？

メイド服の女性が、家にいることが？

俺はスマホを取り出し、『女子　部屋着』と画像検索してみた。

「おい、龍之介。これをちょっと見てくれ」

「なんだ？」

「この家で、ほのかがこれを着ていたらどう思う？」

スマホの画面に映していたのは、パステルカラーのモコモコとしたルームウェアだ。ゆったりしたパーカーとロングパンツのセットアップ。

画面をのぞき込んだ龍之介が、背中のストレッチかと思うほど身体をのけぞらせた。

「こらベスポジ！　ほのか様が家でこんな魅惑の服！　ボクは錯乱しちゃうじゃないか！」

「あ、やっぱり錯乱するんだな」

身体のラインも出なければ、露出もないルームウェアなのにな。

「なあ妻夫木家にはさ、メイドさんがごっそりいるんだよな」

「うん」

うん、てか。メイドがいるだけじゃなく、ごっそりいるってか。

「家にいるそのメイドさん達に対して、龍之介はどう接していたんだ？」

「妻夫木家の次期当主として、家の者には堂々とした姿を見せていなさいと、幼少の時から教えを受けていたぞ」

龍之介は家の中でメイド服の女性を前にすると、それがたとえ、ほのかであっても堂々とできるわけか。

龍之介が、いつの日か、ほのかに愛の告白をするときは、ほのかにはメイド服を着てもらったほうがいいな。そう思ったが、口にはしなかった。


このあと。

ほのかと美澄は、ホワイトブリムをつけた姿を衣装部屋で見せ合いっこし、パジャマ姿でリビングに戻ってきた。メイド服姿では、眠るときに困るから着替えたそうだ。ごもっとも。

そして、あの堂々とした龍之介はいなくなってしまった。

「ほ、ほのか様の、パ、パジャマ姿……！」

「龍之介、ハーブティーを飲め」

※　※

四人が共同生活を始めたこの記念すべき最初の夜は。

お風呂の順番決めジャンケンがあったり、家事当番ジャンケンがあったり。なにかと「最初はグー！」の掛け声が飛び交う夜になったが、自分の顔の前に手鏡を突き付けられるような事態にもならず、賑々しく過ぎていった。

4

「みんなへの挨拶ってどう言えばいいのかな？」

五人掛けのソファーの反対の端に座るほのかがそう言ったのは、明日はついに高校の入学式を控えた前夜のリビングだった。

龍之介は、入学式前夜は妻夫木家の人々との会食があり、許嫁である美澄も同伴していたため、二人は不在だった。

長期入院のため、小学校からまともに通えていなかったほのかと、入学式の話題をしていたところなので、「みんなへの挨拶」とは新クラスでの自己紹介のことだなと、簡単に察しがついた。

（……自己紹介か。前もって、どう言うかなんて考えたことなかったな）

わざわざ言う内容を用意していくほどでもないと思うが。

いや、でも。

自己紹介を軽んじてはいけないかもしれないな。

大半の時間は、人の話を黙って聞いているうちに、ベルトコンベア式に進んでいくだろう入学式の日の学校において、自分で考えて言動しなきゃいけない場面が存在するとしたら。

それは、自己紹介の場面をおいて他にないだろう。

であるならば、もし入学式の日において個人の失敗だの成功だのが存在するのなら、それは唯一、自己紹介でのことだと思われた。

たかが自己紹介、されど自己紹介。

これは、一度向き合うべき、問題な気がしてきた。

「みんなへの挨拶か。じゃあ、一緒に考えよっか？」

「わーい！　いいの！　えへへ」

ほのかは些細なことでも、喜びのリアクションが大きい。

飼い主から散歩に連れてってもらえるとわかって、はしゃぐ犬の動画をＹｏｕＴｕｂｅで観たことがあったが、ほのかに似ているなと思ったものだ。

「ちなみになんだけどね」

「うん」

「好位置くんはみんなへの挨拶、経験ある人？」

「小学一年生から毎年のように、卒なくこなしたぞ」

「す、すごいです！」

すごいですと言う声の温度が、自己紹介のたびにクラスの大爆笑を掻っ攫った者じゃないと辻褄合わないほど高かった。恐縮です。

「好位置くんは、みんなへの挨拶の上級者だね」

「卒のない挨拶なら任せろ」

ほのかは今日のルームウェアである、スウェットパーカーのフロントポケットから小さなノートを出した。

「一応、挨拶の文言を考えたんだけど、聞いてもらっていいかな」

「マジか。真面目だな」

自己紹介の文章を、ノートに書いてまで準備したのか。

ほのかが、ノートに目を落として言う。

「暖かな春の光に誘われて、若い草の芽も伸びる春爛漫の今日この頃」

「ちょ、ごめん、なんだその言いだしは」

「ネット上にあった挨拶の文言集みたいなのを参考にしたんだけど……。無難過ぎかな？」

「斬新すぎるよ」

時候の挨拶から始まる自己紹介って。

「暖かな春の光に誘われて、なんていきなり言い始めたら、只者じゃないっていう空気になるぞ」

「わたし、入学式で只者じゃないって思われるような目立ち方したくないよ」

「いい考え方だ。入学式は無難にいこう。高校生活は長いんだ。初日から取り返しのつかなくなりそうなことは避けるべきだ」

「はい！　好位置先生」

「みんなへの挨拶なんて。氏名をハキハキ伝えて、好きなことと、好きな理由を軽く言って、よろしくお願いいたしますと締めれば、それでいいんじゃないか」

「そんな簡単でいいの？　それだと一分くらいで終わっちゃわない？　短すぎでブーイングとか起きない？」

一クラスは、三十人かそこら。一人一分でも全員で三十分は超える。十分だろ。

「むしろ一分も話せば文句なしだろ。卒のない挨拶を毎年こなした俺を信じろ。ブーイングどころか、温かな拍手が起きるぞ」

「ぴょ⁉　わたし、拍手もらえちゃうの⁉」

荒んだヤンキー学級でないのなら、自己紹介後は拍手くらい自然に起きるだろう。

「わたし、拍手なんて人生でもらえたことないよ」

「じゃあ、明日は人生初のことが起こりそうだな」

「嬉しくて飛び上がっちゃうかも。好位置くんに、やったよーって手を振っちゃうかも」

明日の入学式でクラス分けが発表になるから、俺がほのかの自己紹介をそのクラスで聞いているか否か、今はまだわからなかった。

「その場に俺がいたら、手ぐらい振ってもいいんじゃないか」

「えへへへ」

ほのかは、小さなノートに視線を落とし、ポケットにノートをしまった。俺は言う。

「なあほのか、ノートに書いた挨拶は、何分くらいあったんだ？」

「うーん。三分くらいかな」

「そんなにか。もしかして暗記してたのか？」

ほのかは、コクっと頷いた。

「おお、さすがだな」

ほのかは、そのふわふわした雰囲気に似つかわしくなくというのは偏見だが、集中力を発揮しないといけない場面での集中力が高く。受験勉強でも、みるみる知識を吸収していた。

「それ、ちょっと見せてもらえないか？」

三分にもわたる挨拶の内容、気になるよ。

「だ、ダメだよ。わたしが勝手に勘違いして考えちゃったやつだから」

ほのかは、恥ずかしそうに頰を膨らます。

「みんなへの挨拶の上級者の好位置くんが教えてくれたんだから、このプランβは封印するの」

学校の経験不足故、知らぬ間に普通とズレたことをしてしまうのを危惧しがちのほのかだった。

「それより好位置くん、さっきのおさらいだけど。氏名をハキハキ名乗ったあとは、好きなことを発表すればいいんだよね？」

「ああ、で、ほのかの好きなことはなんだ？」

「……ごはんを食べることかな」

病院食で献立が決まっていた俺たちにとって、退院した今、なにを食べるか好きに選べるというのは、それだけで幸福と自由を感じられた。

実にいい答えなのだが、ただ、どうしても拭えぬ気がかりがある。

好きなこと、ごはんを食べること。

今日日、そんな牧歌的でわんぱく感のある発表をする女子高生には、只者じゃない空気が漂いかねないのではないか、と。

ほのかも気がかりを覚えたのか、わかりやすく顔を険しくさせ、

「好位置くん、正直に教えてほしいんだけど……。15歳の女子が、好きなことで『ごはんを食べること』って言うのって、恥ずかしいこと？」

「恥ずかしいことか恥ずかしくないことかでいえば、恥ずかしいことかもしれない」

「わたし、恥ずかしくないことを言いたいよ！」

「いいぞ、ほのか。じゃあ、ごはん以外で好きなことはなんだ？」

「……お風呂かな」

入院暮らしとは違って、いつでも気の向くままにお風呂に入れるようになった。しかも、好みの入浴剤も楽しめる。好きにならざるを得ない。

「ああ、風呂は最高だよな」

「えへへ。わたしと好位置くん、好きなこと一緒なんだ。今度一緒に入りたいね」

「…………」

ほのかは自分がぽろっと口にした発言の常軌を逸した大胆さに気づき、両手をバタバタと振った。

「ちち違うよ！　水着だよ、水着着て入りたいねってことだよ！」

水着だとしてもよ！

「風呂はさ、体と心を清める場所だ。だからその、心が乱れることはやめよう」

「え？」

え？　ってどういうリアクション？

ほのかは、俺の目をおそるおそる覗き込むようにして、

「……水着のわたしとお風呂に入ったら……、好位置くんの心は、乱れてくれるの？」

声を少し震わせていた。

「まあ、その、乱れるんじゃないか」

「…………」

「どうしたよ、俺の顔になにかついてるか？」

俺の顔をジーっと見つめていたほのかが言う。

「好位置くん、乱れてくれない気がする。だって、今もすごく余裕の顔してるし」

「それはまあ、今、ほのかは水着じゃないわけだし」

「…………」

「ほのか？」

「……わたし、心が乱れた好位置くんが、見てみたいよ？」

そのほのかの声は、いつになく大人っぽく聞こえて、

「……………………」

俺は軽口ではぐらかすタイミングを完全に逃してしまった。

「…………」

リビングの掛け時計って、こんなに秒針の音したっけ？　と思うほどの沈黙が訪れて。

ほのかが言う。

「みんなに向かって発表できる好きなことを、見つけないとね。お風呂って答えるのもなんか恥ずかしい気がしてきたよ。えへへ」

大人っぽく感じたほのかはいなくなり、いつものほのかだった。

「確かにな。というか好きなこと縛りってわけじゃないんだから、次は好きなもので考えてみようか？」

「……好きなもの。あっ、それなら、すぐ思いついたのあるよ」

「よし、ほのか。俺に教えてくれ」

ほのかは、花が咲いたような笑みを浮かべ、

「わたしの好きなものはね。好位置くん」

恥ずかしげもなくさらっと言いおった。

「待て待て！　みんなへの挨拶で、好きなものは『好位置くん』って、さすがに恥ずかしすぎだろ」

「ごめんよー」

「わかればよろしい」

「ううん、好きなものは『好位置くんとみすみーと妻夫木くん、みんなで過ごす時間』って答えようと思ったんだけど。好位置くんのあとに、「みすみー」って言おうとしたとき。みすみーはわたしだけが呼んでるあだ名だから、別の言い方したほうがいいのかなって迷っちゃって。『好位置くん』って言ったあとに、ヘンな間ができちゃってごめんなさい」

いたたまれない！

自分が惚れられているとわかっている男ならではの、二枚目風の「わかればよろしい」をほざいた数秒前の俺を、殺してくれ。

俺は自分の顔の表面が、熱くなっていくのを感じた。

ほのかが見たがっていた、心が乱れた俺が誕生していたが、ほのかは気づいてないようだ。

不意に玄関のほうが騒がしくなる。美澄と龍之介が帰ってきたみたいだ。

「ただいま、のかちゃんと石田くん、ごはんもう食べた？　会食に出た食事、お土産にしてくれたのよ」

「わーい！　お土産だ！」

「ベスポジ、ほのか様と息止め大会でもしてたのか？　顔が赤いぞ」

ほのかの好きな「みんなで過ごす時間」になった。

※　※

そのあと、四人で『起立、礼、着席』の練習をしたあと。

最近毎晩、電気を使わないタイプのゲームをしてる俺たちは、トランプをして遊んだ。

「神経衰弱」「七並べ」「大富豪」。

トランプ三種競技の結果。

総合一位はほのか。二位龍之介。三位が俺だった。

意外にも記憶力が凄いほのかは、神経衰弱で無双をかましただけでなく、大富豪でもそれぞれが切った手札を覚え、勝利を収めた。

ただ記憶力の出番がない「七並べ」では、素直なほのかは素直に手札を出していき、相手にカードを出させないためのパス戦略を駆使するいじわるな俺と美澄に出し抜かれていた。龍之介は一人だけ違うルールの、ほのかがパスしなくて済むゲームをしていた。

総合でビリの美澄には、罰ゲームが行われる。

罰ゲームを考えるのは、大富豪で一番革命を起こした俺が決めていいことになったので。余命宣告を受けたガチ難病系VTuberのアーカイブを四人で視聴することになった。学園もののゲーム実況しているセツナミ様（美澄）が、

「入学式の朝にね。学校一の美少女ヒロインと桜の木の下で偶然の出会いを果たしてどうすんのよ。そんな目立つ場所で美少女と出会ったりなんかしたらね、２ダースくらいの同級生の男子に見られちゃうじゃない。これから三年間も過ごす高校の初日に、いきなり大量の同性から妬まれるなんて。そんな危機管理能力の低さじゃ、可愛い子のハーレムを築いたあとに、人知れずヤンデレ化している子の心の闇に気づけないで。卒業式には、第二ボタン以外のものを奪われる運命を辿ることになるわよ」

披露している偏見に俺たちは笑い、美澄は「むず痒い！　むず痒いわ！」と赤面して、のた

うちまわっていた。

そろそろ勘弁してやろうかと思ったところ、セツナミ様のファンだったほのかは「他の動画も見ようよ！」とはしゃぐので、反撃に出た美澄に脇腹をコチョコチョされて、うひぃうひぃ喘ぎ、そのほのかの姿にどぎまぎしすぎた龍之介は夜風にあたりに行ったりして。

夜は、いつものように賑々しく過ぎていった。

第二章

四人一緒に「行ってきまーす」と家に向かって言い、外に出た。

桜舞う、四月――とはいかないのが、北海道だった。

真新しい制服の上にコートを羽織り、初見の通学路を歩く。

入学式の今日。札幌の低い空は、雪をチラつかせていた。

桜が舞うどころか小雪舞う、四月。

ほのかは登校が嬉しいようで、スキップでもしそうだった。

「ねえ、ジャンケンで負けた人が、次の信号まで荷物持つゲームしない？」

美澄は「ふふっ、のかちゃんてば」としっとり笑い、龍之介は「いいですね」と乗り気な姿勢を見せるから、この二人はほのかのボケにツッコミを入れる気はサラサラないな、とわかる。

「それ、やるとしても下校のときだろ」

しかも小学生がするやつだろとは、付け足さないでおく。

　小学生のときに、小学生らしい遊びをしそこなったほのかに、言いたいセリフではなかったから。

　学校に近づくごとに、俺たちと同じ制服姿があちこち目につくようになってきた。

　すると、遊園地に向かう子供のようだったほのかの顔が、まるで歯医者でも連行されていく子供のような、強張ったものになっていた。

　気づいた美澄が自然な動作で、ほのかの手をさりげなく取った。

「みすみー！」ほのかは少し驚いた声のあと。

「みーすみー」と安心したような声をあげた。

　手をつないで歩く女子二人の微笑ましい姿。

　そのうしろで、龍之介がなぜか妙な腕振り動作をおっ始めた。

「どうした？　季節外れのバトンリレーの練習か？」と俺。

　前を歩く二人には聞こえないように、龍之介は声を潜める。

「さすが美澄嬢だぜ。あんなにソフトでスマートに、ほのか様のお手をお取りに」

「えっと、つまり、ソフトでスマートに手を取る練習を、龍之介は始めたわけか」

「まあな」

　まあなってか。なんだその意味があるとは思えない練習は。そんなことをしている時間も寿命のうちだぞ。

「ほれ、俺の手で練習するか？」

誰がベスポジの手で練習なんかするか！　とツッコミ待ちの俺の手が、なぜか龍之介に握られる。

ちょうどそのタイミングで、ほのかとじゃれ合いながら前を歩いていた美澄が振り返った。

俺と龍之介の繋がれた手を見て。

「ふふふっ」

美澄は顔を前に戻した。

いや、ふふふっじゃなくて、なにかツッコめよ。

「どひゃ！　なんでベスポジと手なんか繋いでいるんだボクは！　けっ！」

急に我に返ったような龍之介が、俺の手を乱雑に振り払う。

「おい、ソフトでスマートに手を取る練習をする者よ。ソフトでスマートに手を放してくれよ」

あー、なんだこの登校は。

「あ、校舎だ」と、ほのかの嬉し気な声。

これから慣れ親しむ予定の時計ヶ丘高等学校（通称・時計高）の校舎が、道の先に見えた

とき。

雲の切れ間から、午前の早い時間の陽光が射し込んできて。

舞い降りる小さな雪が、キラキラと照らされた。

（……あ。綺麗だな）

桜とはゴールデンウィークの頃になんとか満開になったかと思いきや、人間都合の花見日和もろくに設けさせてくれないまま、この街の春特有の強い風によって素早く散る花で。

ＪＰＯＰの歌詞世界でエモーショナルに描かれる「桜」とは、どうも桜が違う街で暮らす札幌市民の俺は、雲の切れ間から降り注いだ陽光を浴びる、迷子のようにフラついてる小雪を。

数秒後には、むき出しのアスファルトに落ちるやいなや溶ける儚き運命のその小雪を。

桜の代わりに今日は、美しいと感じることにする。

さあ、同世代大量男女青春発生地点だ。

※　※

新規の同級生の群れが前にも横にも後ろにもいて。

体育館での式が、粛々と進む中。

マナーモードにしていたスマホが短く震えた。

俺は、周囲の目を引かぬように、最小の動作で確認すると。

ほのかからのＬＩＮＥだった。


『みんなへの挨拶、頑張ってくるね！』


……お、おう。

内容自体は変なものじゃないが、なぜ今？

ファイト！　のスタンプを手早く返す。

式は「新入生代表の慶びの言葉」というのが始まるそうだ。

入試で首席の生徒が、壇上でこの学校に通える喜びを、畏まった調子で述べ立てるアレだ。

入試で誰よりも遺憾なく努力の成果を発揮した結果、高校初日にこんなド緊張の役回りを担わされる新入生に対し、同情を禁じ得ない。体育館いっぱいの人の前でなにかを言うなんて、考えただけで緊張する事案だ。

そして、その新入生代表の名が呼ばれると――

（えっ⁉）

椅子に座る同い年集団の片隅で、その子は起立した。

（マジかよ！）

何も聞かされてなかった俺は、驚いた。

っていうか、お前さんは首席入学するほど頭良かったのか。

ほのかよ。


体育館の前方へと向かっていくほのかの姿を目で追いながら。

俺はある可能性に思い至り、足元から寒気みたいなものが、ぞぞぞ、と這い上ってきた。

ほのかが昨夜言っていた、みんなへの挨拶。

あれは、新クラスでの自己紹介のことじゃなかったのか……？

新入生代表の慶びの言葉のことだったのか？

確かに、この上なくみんなへの挨拶に違いない。

だとしたら、マズいぞ！

このままでは、ほのかはハキハキと名乗り、自分の好きなものを発表し、よろしくお願いしますで締めて、壇上から下りてきてしまう！

そんな新入生代表の慶びの言葉は、きっと前代未聞だ！

さすがに、ほのかもそんな自己紹介をするのはおかしいと気づいてくれるか？

――みんなへの挨拶の上級者の好位置くんが教えてくれたんだから、このプランβは封印するの。

たぶんダメだ。学校生活初心者のほのかは、俺を上級者扱いしてる始末だし。そうでなくても、素直なほのかは、俺が間違ったことを教えたとは思いもよらないだろう。

いつのまにか、右手と右足、左手と左足、それぞれ同時に出す歩行スタイルになっているほのかだったが、壇上に上がるほんの数段の階段に躓くことはなかったので、ひとまずよかった。が、そんな安堵をしてる場合じゃない。

ほのかの真の危機はこれからだ！

脳裏を走馬灯（現物を見たことないが）のようによぎるのは、病院での受験勉強の合間に、未来の学校生活を夢見ていたほのかの一場面。

ねえねえ、好位置くん知ってる？　学校ではね、油断していると恐ろしいことが起きるんだって。なんかね、黒歴史っていう、未来えーごー、思い出すたびにギャーって頭をかきむしりたくなるようなことらしくて。怖いね。気をつけなきゃだね。

（ヤバいヤバい……！）

このままだと、ほのかは夢見ていた高校生活の、その初日から黒歴史を作ってしまうかもしれない。

俺はスマホを取り出し、自分史上最速のフリック入力で「プランβで挨拶しろ」と送ったが、もう演台のマイク前に辿り着いたほのかに変化はない。着信に気づいていない！　入学式の最中だ。スマホはマナーモードにしているのだろう。

体育館に詰めかけた一同の視線が、演台のマイクの角度を調節する新入生代表ほのかに集まっている。

緊張しているのか、ほのかがゆっくり呼吸をする微かな音が、マイク越しに聞こえた。

そうだ、学校にまともに通ったことのないほのかは、今朝の登校中、同級生の姿がどんどん目につくようになっただけで緊張していたんだ。

そんな子が今、二百人はいる新入生達のまえで挨拶するという大役を務めようとしているんだ、恥なんてかかせてどうする！

クラスでの自己紹介みたいな『新入生代表の慶びの言葉』を回避させられることができるのは。何百人も詰めかけたこの場で、俺だけだ！

（…………）

俺は俺自身が、この入学式を無難に終えることをあきらめた。

演台のほのかがマイクの調整を済ませ、今まさになにか発するその寸前に——

「βの封印を解け!!」

体育館の厳粛な静けさを切り裂くように俺の声が響いた。

只者じゃないと思われるような変な目立ち方をしたやつが爆誕した瞬間であった。

ある生徒（俺）がなぜ突然叫びだしたのかわかるわけもない、義務教育上がりの数百人がちんと収まった同い年集団は、意外にもザワザワすることはなく、静粛な空気を継続させた。だが、それは直前までとは質の違うもので。たとえるなら、成人式で挨拶をする市長にヤジを飛ばす荒れる新成人が現れたら、その他の新成人はこういう冷ややかな静まり返りでもって、受け流すのではないかと思われるような、そんな排他的なエッセンスを含む沈黙だった。

突然叫んだ男がいる一角である俺の周りは、いうまでもなく局地的に冷え込んでいたが、俺は嬉しさを覚えていた。

演台のほのかが俺のいるほうを見て、笑顔で頷いてくれていたからだ。俺の言葉は伝わってほしい人に伝わった！

「暖かな春の光に誘われて、若い草の芽も伸びる春爛漫の今日……」

プランβの挨拶が始まったことに、安心したのもつかの間、挨拶がいきなり止まってしまう。

（ほのか？）

プランβは暗記していると言っていたけど、本番の緊張で、内容が頭から飛んでしまったんだろうか？

演台のほのかは言う。

「今日はその、淡雪が舞ってて、春爛漫にはまだ気が早い日でしたね。挨拶を考えた日は、ポカポカの日だったから。えへへ」

体育館のそこかしこで、クスクスと息が漏れる温かい笑いが起きた。

「今日から、わたしたちは時計ヶ丘高等学校の生徒として新たな生活がスタートします。このような素晴らしい入学式でわたしたちを迎えてくださり、本当にありがとうございます。これから始まる学校生活に不安もある反面、大きな期待も………」

(……ほのか?)

挨拶を考えた日は大きな期待があったが、今は違うのか?

「高校生活に大きな期待は、すごくあるんです。でも、わたしがどんな形の期待をしているのか。わたし自身うまくわかってなくて」

マイクを通して話してるのに、あたかも誰かにだけそっと打ち明けるような声で、ほのかは続ける。

「なぜかというと。わたしが、学校には通ったことがないからなんだと思います。入学式に出るのも初めてで。さきほどの校長先生のお話、『一度しかない高校生活』というお言葉、胸にグッときました」

いつかの再放送みたいな校長の話だったが。

校長の話初体験のほのかの心には、響いてたんだな。

「わたしは小さいときから、病気をしてて。ずーっと入院していました。

入院生活の中で読んだ本や見たアニメに出てくる学校という場所は、わたしには夢の中の世界で。遠い、異世界のようでした」

ほのかはスピーチ原稿を見ないで話すから、それは用意していた内容ではなく、今まさに心に生まれた言葉を話しているような、そんな雰囲気があった。もしかしたら、本当にそうなのかも。

「病気だったわたしは、多くの、本当に多くの人のおかげで退院できました。

こうして今日、みんなに会えました。こんなに一度に沢山の同い年の子を見たことはないので。ちょっと気味が悪いです。わっ、今のナシです！　気味悪くないです！　気味良いです！」

体育館に再び笑い。

「みんなとは今日初めて会いました。でも不思議なんですけど、わたしはみんなとはもう会っていたような、そんな気がしています。

ある薬が発見されたおかげで、わたしの病気は回復に向かいました。

予後経過を観察するために入院生活は続きましたが。その中で、高校に通えるかもしれない未来。そんな光が、わたしの人生に現れました。

その光を見たときから、もうみんなに会えていたような気がします。

ここではこれから。

文化祭、体育祭、修学旅行、夜の遠足……。

いろんなことがあるみたいですね。

みんなと一緒に学んだり、過ごせること。
楽しみにしていました。
そんな風に夢見ていた頃、みんなの顔はわかりませんでしたけど。今日わかりました。
通学歴が九年以上おありになる学校生活の大ベテランでいらっしゃいます皆さん、どうかド新人のわたしと仲良くしてやってくださいです。えへへ」

体育館の構造上、壇上のほのかの姿はどうしても豆粒サイズだったが。ほのかの美少女っぷりは豆粒サイズでも丸わかりだったようで。

その空気成分を多く含んだふんわりした声と無邪気な笑顔は、体育館中の不特定多数の男子をでたらめに色めかせたようで。

仲良くなりたい、という心の声が漏れちゃってるやつが、俺の近所にチラホラ。

そして、ほのかと仲良くなりたいと思っているのは、男連中だけではなかった。

「ほのかちゃんと会えるの楽しみにしてたよー！」

俺以外にも、式の最中に声をあげるやつが現れた。女子だ。その声がしたほうで「せーのっ」と潜めたかけ声のあと、

「「「命短し恋せよ男女見てるよー！」」」

絶対陽キャに違いない女子数人の声が、楽しげに響いた。

演台のほのかは、「ぴゃあ！」と驚きの声をあげ、「ご視聴ありがとうございます！」と嬉し

そうにぺこりと頭を下げた。

そして、新入生代表の慶びの言葉は、締めに向かっていく。

「最後にさっき覚えた素敵な言葉をわたしは宣誓して、終わりにしますね。一度しかない高校生活。一日一日を悔いのないように大切に過ごしていきたいです！」

…………。

一日一日を悔いのないように大切に過ごしてください。

校長からそう言ってもらったときには、反応しそびれていた心のどこかが。

ほのかのふんわりした声で言われると、どうしようもなく痺れた。

演台で一礼をしたほのかに、割れんばかりの拍手が送られた。

ほのかは喜色満面の笑みで、その場で小さく飛び上がった。その姿を見て、俺の頭にありありと思い出される昨夜の記憶があった。

――わたし、拍手なんて人生でもらえたことないよ。

――嬉しくて飛び上がっちゃうかも。好位置くんに、やったよーって手を振っちゃうかも。

演台を離れ、壇上から下りる階段に向かうほのかが笑顔で、俺のいる一角に、高いところの窓ふきみたいに手を振っていた。

（ほのかのやつ）

照れくさいことこの上なかったが、俺は、手を振り返した。

恥ずかしがって手を振らないという選択をする権利は、少なくとも「βの封印を解け!!」と叫んだ男にはないだろうから。

※　※

入学式が終わり、体育館から教室に移動する。

クラス分けで、美澄はA組、龍之介はF組と分かれることになったが、俺とほのかは同じE組だった。

「石田」と「穂坂」なので。

廊下側一列目の俺と、窓際最後列のほのかだった。

教室内で、位置的に一番離ればなれになったことに対する、一番の感想としては。

このクラスの女子の苗字に、「ま」行より後がいないんだな。まあ、そんなところだ。

担任の先生の登場を待つ、休み時間ほど自由ではないけど、自習になった授業時間より畏まらなくていいような、ざわついた教室。

雪幌病院のデイルーム（談話室）とは違い、若者言葉がそこらじゅうで飛び交っている空間に自分がいることが、なんとなく落ち着かなかった。

ほのかのほうに視線をやると。

窓際のその一帯は、ちょっとした人だかりができていた。

新入生代表を務めたほのかと話したい子が集まってるようだ。人だかりの背中と背中の切れ間に、ほのかの明るい表情がかいま見えて。

（……よかったな、ほのか）

俺は、我が子がクラスで人気者になっている様子を目の当たりにした保護者みたいな喜びを覚えていると。

「ねーねー」

すぐ真横から、声がした。

隣の席の女子が顔をこちらに向けていた。

「……俺に話しかけてる？」

「もち。だって学校一の有名カップルの彼氏とは、フツーに絡んでみたいじゃん」

「それ俺のこと？」

「君はかの石田好位置その人でしょ？」

俺の名前の前後に『かの』と『その人』が付いたのは初めてで、なんか愉快だ。

「多分その人です」と頷くと。

隣の席の女子は、身体を完全にこっちに向けて、「ありがとね」と言ってきた。

「なにありがとう？」

「あたし、勉強得意じゃないんだけどね。無理してでも時計ヶ丘高校を受験しないとなんなくて。受験勉強なまらしんどいとき、命短し恋せよ男女の受験勉強編見て、いつもモチベ上げさせてもらえたから」

「おう、それはそれは」

新しいクラスの隣の席に、のちこい視聴者がいるなんて考えてもなかった。俺は言う。

「ありがとう」

「なにありがとう？」

「ご視聴いただいた件かな。ありがとうございます」

「なんもなんも！」と彼女は朗らかな笑顔で、胸の前で手を振った。

（あ、それなんか久々に聞いたな）

なんもなんも。

意味的には「どういたしまして」とか「大丈夫だよ」とか「気にしないで」って言葉のはずで。田舎のおばあちゃんが使っている、ほっこりするイメージの北海道弁だ。そういえば彼女はさっきも自然に「なまら」とか言っていたっけ。

全国区のテレビで紹介される北海道弁を、そういえば同世代の口から生で聞いたことがなかった生粋の道民である俺の前に現れた——田舎のおばあちゃんみたいな言葉をひょいと使った彼女の、その方言とは親和性が低い気がしてならない容姿をよくよく観察した。

　俺は時計ヶ丘高校の制服着こなし事情には、まだ全然精通していないが。この隣の席の彼女は、入学式時点ですでに制服をいい感じにルーズに着崩していて。ゆるく波打つ明るい髪。キリリと細く形のいい眉。潤んで艶やかな唇。華やかな目元。その完成度の高い顔立ちを眺めていると、浮かんでくる言葉があった。

「もしかしてだけどさ。そっちは、ギャルですか？」

「そんな確認されんの初めてだし。でぇへへへ」

　方言に引き続き、そのなんとも無防備な笑い方は、彼女とコミュニケーションを図る敷居みたいなものを、大いに下げてくれる効果があって。俺はある質問を投げかけようと思った。

「なあギャルよ。ちょっと聞きたいことがあるんだけど」

「ウッソ待って、あたしのこと、まさかこれからギャルって呼んでくつもり？」

「ほかに呼び方わからんしな」

「アベリコ」

　なぜブランド豚の名称を彼女が発したのかと思ったが、よく聞けばイベリコではなかった。

「アベリコってなんだ？」

「なんだってなに？　あたしの名前だし。阿部璃子」

「アベリコ。下から読んだら、コリベア。コリベアってなんだ？」

「知らんし。命短し恋せよ男女だと石田さんて、ほのかさんにツッコミとか入れてるのに、リアルだとなまらつまんないことゆってててウケる」

「なまらつまんないことを言う男なのに、『石田さん』って、さん付けなんだな？」

彼女は「そりゃそうっしょっ」と頷く。

「命短し恋せよ男女のほのかさんの彼氏なんだよ。あたしは敬語とか苦手だから、それはムリめだけど。せめて呼称に敬意を払いたいじゃん」

「敬意を払っちゃってるのか」

「受験勉強のときにいつもモチベ上げてくれた動画の主に敬意払わなかったら。人生のどこで敬意って払えばいいの？」

彼女のアイラインに囲まれたタレ目の瞳は真剣だった。

「なるほどね」

「でさー、石田さんがあたしにちょっと聞きたいことって、どんなー？」

ああ、そうだった。投げかけたい質問があったんだ。

「さっきの入学式で、ほのかが新入生代表として挨拶する前に、どこからともなく叫び声が上がったよな」

「どこからともなくって、あれ石田さんじゃん」

バレてたか。

「あの、アベリコはさ、急に意味不明なことを叫んだ男の出現をどう思った？　ヤバいやつがいるとか……、やっぱり思ったよね？」

俺の出来立てほやほやの黒歴史について、あえて自分から触れていった理由はひとえに。この初対面の道産子ギャルに忌憚のない感想の集中砲火を浴びせてもらうことで、黒歴史によって冬枯れた我が心をいっそ焼き払う狙いがあった。すべてが灰となれば、あとはもう焼き畑農業よろしく、黒歴史からの回復もむしろ早かろうと思われたが……。

「ヤバいやつだなんて全っ然。カッコよかったよー」

「え？」

「叫んだことの意味はちょっとわかんなかったけどぉ。挨拶前のほのかさんに助け船を出したとか、そういうことなんでしょっ？」

「あ、ああ」俺は驚きながら、頷いた。

「ってか、なんだよその洞察力？　後の世の名探偵なのか？」

「後の世の名探偵なりたいかも。別にのちこい視聴者なら、フツーに考えつくことっしょっ。ほのかさんがなにかしようとしているときに、石田さんが変わった行動取ったら。それってほのかさんの可愛いドジを未然に防ごうとしたとか、そーゆうことかなって」

「……アベリコさん」

「なんでさん付け？」

「敬意を払おうと思って」

「あたしに敬意を払っちゃってんの？」

「出来立てほやほやの黒歴史の呪縛を解いてくれた良き理解者に敬意を払わなかったら、敬意なんて人生のどこで払うんだ？」

「なんもなんもー。……でぇへへ」

見た目は、垢ぬけてる新入生代表みたいに洗練されているのに、言葉遣いと笑い方が愉快なほど垢ぬけていないアベリコさんだ。

「ねーえ、あたしのこと、良き理解者に思ってくれたんなら、実はお願いがあるんだけどお？」

「なんだい、アベリコさん」

「ちょっ、敬意は早く払い終えてよ。6音やだ」

「ろくおん？」

「あたしの名前、せっかく苗字も名前も2音で。苗字や名前にちゃんとかさんとかつけても、4音でサクッと呼び終わる仕様なのに。6音で呼ばれたら、あたしの名前の最大のメリット、死んじゃうから」

「ろくおんって、6つの音ってことか」

アベリコさんからアベリコに呼称が戻ったところで、担任教師がやってきた。

※　※

新学期のガイダンスが進む。

驚いたのは、入学式の日に宿題が出されたことだ。クラスメイトから不満の声が上がる。宿題をこなすために教科書の一部が本日配られるということで、男子の出席番号一番と女子の出席番号一番が、その教科書を取りに行く役目を強制的に担わされた。

俺とアベリコだ。

俺たちを準備室に案内した担任は、台車いっぱいに教科書のダンボールを積み込むと、教室に先に戻っていてくれとの仰せ。

台車を押しながら、廊下を行く俺は、隣のアベリコに言う。

「ところでお願いいってなんだ？」

6音で呼ぶのはどうのって話をしているうちに担任教師が来て、本格的に聞きそびれていた。

「んーっ、ええっと」

アベリコは視線を、俺から台車のダンボールの山にそらす。椅子に座っていたときは気づかなかったが、アベリコのスカートは他の女子よりもなぜか短い。俺の顔のほうを見ていないからといって、足を眺めるのは遠慮しておくか。

「……石田さんさ、あたしの真の男友達になってよ」

「『真の』って？」

「あたしさ、中学のときとか男友達、割といたんだけどぉ……。なんかね、決まってあることが起きるの」

「怖い話みたいなトーンだな」

「あたしからしたら怖い話かも。男友達がね、ある日突然あたしのことを『もう友達に見れない』とか言ってくんの」

「他人に見えるって言われるのか？」

「うわ、だるっ」

語尾に（笑）って付きそうな含み笑いの声だった。

「石田さんって、命短し恋せよ男女のときだと全っ然そんな感じしないけど。リアルだともしかしてちょいうざい人？」

「ああ、バレたか。俺はうざい男だぞ」

アベリコは、タレ目の瞳を嬉しそうに細めた。

「のちこいの動画ではわからない一面が見れるなんて、同クラミョーリに尽きるね」

同じクラス冥利か。

「で、友達に見れないっていうのは、いわゆる好きになったって話か」

アベリコは頷いた。

「付き合ってほしいとか言ってくんの」

「ほうほう」

「こっちは友達だと思ってたのに、勝手に友達だと見れなくなるとか。酷い裏切りってゆーか、信じらんなくない？」

「いや、信じらんないこともないかな。アベリコは可愛いから、まぁありそうな話だと思ったけど」

「え？　わっはっはは」

豪快に笑ってるな。

ひとしきり笑い終えたアベリコが、笑いすぎて涙でも出たのか、目元を指で拭って言う。

「……さすがほのかさんみたいな可愛いオブ可愛いの彼氏だね。可愛いとか、すっごく自然に言ってくれるし。やっぱ、石田さんとなら真の男友達になれそ」

「俺はある日突然、『もう友達に見れない』って言わなそうってことか」

「あんなきゃわいすぎる彼女がいたら、あたしを恋愛対象として好きになんてなってこないでしょっ？」

「そうだな」

「即答だし。なまらウケる」

1

隣の席のアベリコが「石田さん、したっけねー」と、「バイバイまたね！」を意味する北海道弁を俺に投げかけて、入学式の放課後。

お世話になった人に無事入学できた姿を見せるために、学校帰りに命短し恋せよ男女のメンバーで、雪幌病院に行く予定——だったのだが。

新入生代表のほのかは、職員室に呼ばれていて。美澄はなぜだか見当たらず。

俺はクラスが離れた龍之介と合流し、

「やあベータ、じゃなくてベスポジ」

入学式での一件をいじられたのち、「βの封印を解け‼」の経緯を説明していた。

聞き終えた龍之介が言う。

「ほのか様が新入生の前で恥をかくのを防ぐために、自分が大恥をかくのも恐れず叫ぶなんて。ベスポジの行為はあれだな」

「なんだ？」

「愛だな」

「え、愛なの？」

「『愛とは、相手のために恥をかくことができること』だろ」

「どっかの偉人の言葉か？」

「知らねえよう。とりあえず、ボクが今言った言葉だ」

「じゃあ、龍之介の言葉だな」

「ベスポジよ。ボクのほうがほのか様を愛してるんだ」

「おい、龍之介。ちょうど誰も通りかかってないが、ここ職員室の前だぞ」

「ボクはほのか様の愛を示すために、なにがなんでも恥をかいてみせるからな」

「職員室前で愛の話をするな。この状況が恥だぞ」

「フフーン」

「なんのフフーンなんだよ」

龍之介と駄弁っていると、俺のスマホに美澄からのＬＩＮＥが届いた。

《先に雪幌病院に向かってるわね》

（……なんでだよ？）

携帯での通話は原則校内禁止。その校則を入学式早々破る気も更々ないので、俺は龍之介に断りを入れ、校舎を出た。

校門を抜けるなり、美澄に電話した。

「はい。もしもし」

電話越しで聞く美澄の声はひんやりしてて、冷蔵庫に入れた糖度の少ないフルーツみたいだった。

「美澄さん、なんで一人で先に行くんだよ。みんなで病院に顔見せに行くのに」

「そうね。例えるなら、学校で石田くんのそばにいたくなかったからかしら」

「早く例えてくれよ。なにも例えてねえじゃねえか」

「ふふふっ、石田くんのツッコミ、今日も元気いっぱいね。さすが入学式早々、数多の男子に最速の失恋をさせた男は違うわね」

「なんだそれ」

「のかちゃんを入学式で初めて見て。その無垢な可愛さに、恋の始まりを告げる鐘を胸の内で鳴らした男子達は、彼女のこと知りたさにさっそく命短し恋せよ男女チャンネルを観る。そこで彼氏の石田くんの存在をまざまざと知るはめになり、恋の終わりを告げる鐘が鳴りましたとさ。めでたしめでたし」

「誰がめでたしになったんだ？」

「石田くんでしょ。学校で生まれるはずだった即席恋のライバルたちは、キスシーンを見て、もう完全に戦意喪失してるんだから」

「おいおい、俺キスなんて、見せつけてないぞ」

「のちこいの神回のURL送る？」

「神回？　ああ、結婚式のやつか」

あれ、同級生が見てるのか。

「キスの場面。二人の顔が重なったところは遠目で一瞬だけど。それがかえって、十代男子お得意の妄想力を掻き立てるわよね」

あのときは、ほのかの命の灯が残り僅かに思われていて、だからほのかの夢を叶えたい一心で、雪幌病院に手作りのチャペルをみんなで作った。結婚式といえど、当時14歳の俺たちが、唇と唇でキスをしたというのは、今思い返しても身悶えしかねない歴史だった。

「……なに黙ってるのかしら。のかちゃんとのマウストゥマウスが脳裏に蘇って、鼻血出して倒れちゃったの？」

「俺はそんな古き良きラブコメ主人公みたいなやつじゃねえな」

「ふふ、石田くんは気づいてないのね。きみはラブコメ主人公なのよ」

「どういうことだよ」

ラブコメ主人公と呼ばれたことがなんの呼び水になったのか、俺をからかってくるこの元カノが書いた手紙がぬるっと思い出された。

一年前時点での美澄が、俺を想ってくれていたという物的証拠。

俺は何気ない風を装いながら言う。

「まあ、美澄さんは俺のこと好きだもんな」

「……そうね。私は石田くんのこと好きよ」

「…………え？」

美澄が俺を今も好き……？

「電話なのが残念だわ。私の『好きよ』を耳脂がひっつくほど密着させたスマホで聴いて、たっぷりの間のあとに『え？』って漏らしたきみの顔が見られないなんて。石田くんのこと好きよ、同居人としてね。ふふっ」

この元カノめ、どんだけからかってくるんだ。

電話を切ってやりたい気持ちを抑えて、俺は反発するように言う。

「同居人としてかよ。異性としては好きじゃないのかよ？」

「……す、好きだったわね。遠い遠い昔、小学生の頃の話だけど」

「…………」

「私、雪幌病院で絵本の朗読を頼まれてるのよ。だからその準備もしたいから、一人で先に来たの。そういうわけなんで、じゃあ病院でね」

電話は切れた。

——す、好きだったわね。遠い遠い昔、小学生の頃の話だけど。

どんな顔で噛みながら、嘘をついてたんだか。

電話なのが残念だな。


俺が校舎内に戻るまでもなく、校門を抜けてくるほのかと龍之介に会えた。

美澄は絵本の読み聞かせの準備のために、一足先に行ったようだと伝えたら、

「わーい、みすみーの朗読を聞けるんだ！」

そう言って笑うほのかは、学校が楽しかったようで病院に着くまでの道中、スクールトークが止まらない。

「二人とも聞いた？　学校のチャイムって、本当にキンコンカンコーンっていうんだね。キンコンカンコーンって一日に十回聞いたら、良いことがあるんだっけ？」

「じゃあ、これから平日は毎日、良いことがありそうだな」と俺。

「えへへへ。あ、ボタン」

進行方向の横断歩道に、押しボタン式の信号機を見かけるたび、ボタン押したさに小走りになるほのか。

微笑ましい光景だ。入院生活では、ナースコールを筆頭に安易に押してはいけないボタンしかなかった。心置きなく、ボタンを押してほしい。

「好位置くん、妻夫木くん、わたしばっかりボタンを押してごめんね」

「礼には及ばないぞ」

本当に、礼には及ばない。

俺の隣の龍之介は、押しボタン式信号とスクールトークではしゃいでいるほのかの笑顔を短時間で近距離から眺めすぎたせいか、なんか鼻血でも出しそうなのぼせた顔をしていた。

なあ美澄、ここにもラブコメ主人公的なやつがひとりいるぞ。


雪幌病院に着いた。

退院してから、まださほど日は経っていないのに、早くも懐かしく感じる外来待合を抜けて、入院棟に踏み入れると。

俺たちを見つけた看護師さんが嬉しそうに声をかけてくれる。そのままナースステーションに導かれると、看護師さん達から激烈に歓迎してもらう。恩師だらけの母校に帰ってきたような気分になる。

だが、俺たちの担任教師もとい、担当看護師の刈谷さんの姿はなかった。

幼い入院患者たちと一緒に、美澄の朗読会を聞きにいってるようだ。

美澄の絵本の読み聞かせといえば、患者図書室の隣、レクリエーションルームで行われるのが常だ。

「もしかして、もう朗読会始まっちゃってるのかな。急がなきゃ」

※　※

「お宝を持ち帰り、幸せに暮らしましたとさ。めでたしめでたし」

美澄が桃太郎の絵本を閉じると、レクリエーションルームに拍手が響いた。

絵本特有の簡潔な描写で済まされているはずの鬼を倒すシーンも、美澄アレンジが効いていて、子供なら手に汗握りかねない謎の臨場感があった。見事な朗読だった。


朗読会が終わり、ほのかと美澄と龍之介が子供たちを小児病棟に手を引いていき、俺だけレクリエーションルームに残ったのは、「石田好位置は後片付け手伝ってくれ」と刈谷さんに頼まれたからだ。

絵本や椅子の片づけをしていた俺に、カーペットにコロコロをかけていた刈谷さんがだしぬけに言う。

「今度は石田好位置も絵本の朗読やってみてくれよ」

「俺ですか。リクエストあります？」

「今日美澄が桃太郎をやったわけだから……。身体のうしろをほとんど晒す公然わいせつの、巨大な鉞を持ち歩く銃刀法違反の、熊を虐待するやつとかよ」

「金太郎の言われよう」

「どうせなら金太郎のコスプレして、朗読したら子供たちウケるぞ絶対」

「ケツ丸出しでやるんですか」

「石田好位置たちが退院した今、雪幌病院にはセクシーさが足りねえからな」

「誰がセクシー要素を担ってたんですか」

片付けは終わる。刈谷さんは「石田好位置またな」と、レクリエーションルームを出て行った。

2

金曜日に行われた入学式を経て、過ごす土日。

平穏に過ぎていく週末。その日曜の夜のことだった。

「……ベスポジ、見てもらいたいものがあるんだが」

敵国に潜入していたスパイが、密会した同胞に最重要機密のUSBメモリを手渡してくるみたいな雰囲気を帯びた龍之介だった。

いよいよ明日の初・通常授業の学校に備えてほのかは病院の消灯時間より遥かに早く就寝（まだ九時！）し、美澄は風呂に入っているので、リビングには俺と龍之介の二人だった。

「俺と二人きりになるのを、待っていたような切り出しだな」

「うん、待っていたぞ」

「……見てもらいたいものって。そのサンダルじゃないよな？」

龍之介は手に、二人分の玄関サンダルを持っていた。

「サンダルなんて見てどうする。これは庭に行くためだ。ついて来てくれよう」

龍之介は、庭とリビングをつなぐ大きな掃き出し窓を開けた。

共同生活をする妻夫木楼（我が家の名前だ）には、眺めるどころかもはや歩き回れるほどの規模の庭があった。

庭木や草花に彩られていて、もし俺が俳句を嗜む人間だったら、四季折々の句が生まれそうなそんな庭を、龍之介とサンダル履きで訪れたわけだが。

「こっちだ」

青黒い夜空の下、庭の暗がりのほうに俺は誘導されていく。

いったいどうしたよ？　という疑問は、立ち止まった龍之介が、一本の樹木をスマホの灯りで照らしながら、その洞に手を突っ込んだ時点でピークを迎えた。

「入学式を終えた週末の夜は、木の洞に手を突っ込みなさいという家訓があるのか？」

冗談めかして言った俺だが、木の洞に手を突っ込むという動作には、なにか身に覚えというか、過去の記憶を妙に刺激してくるものがあった。

龍之介の畏まった声が返ってくる。

「これが見てもらいたかったものだ」

洞から引っこ抜いた龍之介の手には、薄い文庫本サイズのノートがあった。

木の洞からノート。

俺は、もうそれがなにかだいたい見当がついていたが訊いた。

「それはなんだ？」

「最初に言い訳させてもらえるなら、ボクに人のノートを盗み見する趣味はないんだ。ただ、ほのか様が一人で庭に行くからなにかと思って気になってしまって。それでこの洞に手を突っ込んでいるのが見えたから。あとからボクも突っ込んでみたら、このノートがあって。即座に戻そうと思ったんだが、ノートを引っ張り出したときに開いたページに、ボクの名前があって。だから、読んでしまったんだよう」

良心の呵責が濃縮された声を震わせる龍之介に、俺から言えることは、

「大丈夫だ。お前さんの気持ちはよくわかる」

なにせ同じ経験があるからな。


雪幌病院に入院したばかりの頃。

ほのかが病院の中庭の木に隠していた小さなノートを見つけた。開いたページには、俺の名前があったから、閉じられなくなった。入院生活では私物を置いておける場所は、看護師さんが夜となく昼となく朝となく来るパブリック空間のような、収納棚も概ね一つしかない自分の病室だけで、だから秘密のノートを誰にも見つかりたくないと考えたほのかは、広葉樹の洞に隠したのだろうと思っていた。

でも、妻夫木楼は共同生活といえど、完全プライバシー空間が保たれた個室もあるにも関わらず、秘密のノートの隠し方が入院生活時と同じ手口ということは、ほのかはもう単純に木の洞に隠すのが好きな――木の実を樹洞に貯食するリスみたいなやつなんだな。

「龍之介の名前があったそのノートには、なんて書いてあったんだ？」

俺と龍之介は、リビングに戻ることにした。

※　※

ほのかのノートを勝手に持ち出し、それを無断で俺に見せるという行いは、龍之介の心を苛むものが凄かったと思われる。ほのか様ごめんなさいと、龍之介は頭上の二階の部屋で眠っているほのかに、手を合わせていた。手持ち無沙汰だった俺も、二階に向けて手を合わせておいた。

「ベスポジ、では、こちらを」

師範が免許皆伝の巻物を一番弟子に託すときは、こんな風に渡すのではないかというほど厳かに、直立の龍之介が渡してくるノートを、俺は神妙な手つきで受け取った。

龍之介がそこまで苛まれても、俺に見せたいものとはいったい……。

ノートの一ページ目には、ほのかが新入生代表の慶びの言葉として用意していた言葉が小さく丸っこい字で、綺麗に整列して書かれていた。ここまでは別に、なにもおかしなところがない。入学式での挨拶は、アドリブの部分も結構あったんだなとわかったくらいだ。

二ページ目をめくると。

『入学式の巻（感想編）

今日わたしがついに高校に入学できました
今でも信じられないなあ
わたしが学校に通えるようになるなんて
新入生代表の挨拶　しちゃいました〜
担任の先生が　式の前にわたしを気にかけてくれて
このノートに書いた挨拶の言葉を見て　ばっちりねっていってくれたけど
挨拶って名前を名乗って好きなものを発表したりするんじゃないですかって聞いたら
それは教室での自己紹介でしてね　とのこと
好位置くんと考えた挨拶は　新入生代表の慶びの言葉向きじゃないことに驚いた！
そういえば入学式の前の夜に相談したとき　わたし「新入生の代表の挨拶」っていってなかった気がする

きっと好位置くんを勘違いさせちゃったんだ　↑バカなわたし
新入生代表の挨拶　演台の前に立ったとき　目の前に見たことないくらい人っ子だらけで
きんちょーしたな〜
でもでも好位置くんのおかげで　リラックスできた
なんて叫んでくれたのかわからなかったけど　わたしにエールを送ってくれたんだよね（優しいな）』

……なんてこった。

俺が「βの封印を解け!!」と叫ばなくても、ほのかはちゃんとした挨拶をしていたのか。

肩を落とした俺に龍之介が、

「ベスポジの叫びは、ほのか様をリラックスさせたんだぞ。素晴らしいじゃないか」

「フォローありがとよ。龍之介が俺に見せたかったのはまだ先なのか」

「次の、作戦編だ。まず感想編を一通り読んでくれ」

作戦編って、なんの作戦を練るんだほのかは。

俺は気を取り直して続きを読んだ。

『みすみーと妻夫木くんとは別々のクラスになっちゃった（超悲しい）

好位置くんとは同じクラスになれました（超嬉しい）
いろんな人に話しかけてもらえた
谷崎さんは犬を飼ってる子
富良野さんはカメラが趣味な子
市川くんは音楽が好きな子
組木くんは変わったバイトをしようとしてる子』

その小さく丸っこい字で書かれた、クラスメイトの名前とその特徴ワンポイントは、覚えておこうとするほのかの気持ちが伝ってきて。

その健気な書き留め作業になんだか、心の柔らかい部分を掴まれていたが。十人分くらいの名前が並んだ先に、俺の名前が目に入った。

『わたしとは一番離れた席の好位置くんは　隣の席の女の子（可愛いギャル！）と仲良く話している

好位置くんは素敵でナイスな好位置くんだから　いろんな人にその素敵でナイスな部分が伝わってほしいなっておもっていたけど

なんだろう　この気持ち

好位置くんが女の子と話しているの見てると　はらはらした　そわそわした
昔みすみーがいってたやきもちの「はわはわ」なのかな
でもその「はわはわ」とは違う気がするなあ
好位置くんが他の女の子と話している姿を思い出すと今も「はわはわ」する
なんだろう　これ

わたしの「はわはわ」の正体がわかりました
これわかるのに　一時間かかりました！
今日気づいたけど高校にはいっぱいの高校生がいる
好位置くんは素敵でナイスな好位置くんだから
いっぱいの高校生との出会いがある
でもまわりから　わたしの彼氏だと思われていたら
好位置くんは誰からも恋されることなくなっちゃうのかも
わたしは好位置くんに恋しているからいいけど
わたしの彼氏のフリをしている好位置くんは恋されないなんて
そんなの申し訳ないよ！
わたしがいつまでも好位置くんに彼氏のフリをさせているからいけないんだ

よし　勇気を出さなきゃ！』

ページをめくった。

『石田好位置くんへの告白の巻（作戦編）

ちゃんと告白しよう
好位置くんに高校生活を存分に楽しんでもらうために
告白して両想いだってわかったら　本当の彼氏に　↑書くだけでドキドキする
告白してわたしの片想いのままだってわかったら
カップルYouTuberは解散　↑書くだけで泣きそう
でもわたしの彼氏役ポジションから好位置くんを解放してあげなきゃ

ところで告白ってどうすればいいんだろ
いつするのかな？
普通だったら　学校の放課後に校舎の裏とかに呼び出すのかな〜〜
でも一緒に暮らしているから　なにも学校で告白しなくていいんだよね！

家のどこで告白すればいいんだろ
いま　告白のこと調べてみました！
告白は朝よりも昼よりも夜のほうがいいみたい
夜遅い時間は気分が感情的になって　告白成功率が最も高いみたい！
ここは一緒に暮らしている利点を最大限に利用するためにも
夜九時過ぎに告白しよう！
他にも調べたことで参考にしたいのは
ストレスを抱えた夜は寂しくなり　男性は惚れっぽくなる（耳寄り情報！）
そして脈ありサインが出るまで待つべし
これだ！
でも脈ありサインってなんだろう　↑誘惑（大胆！）にドキドキしてくれてるときみたい！
よーし　このグッドタイミングが訪れたら　好位置くんに告白するぞ〜！
いまも幸せなのに　本当に付き合えたら　どんなに幸せになっちゃうんだろう　わたし
告白が失敗に終わっちゃったら　一緒に暮らすの気まずくなっちゃうのかな
そのときはわたし　でていかなきゃいけないのかな』

そこからは白紙になっていて、俺はノートを閉じた。

龍之介が持ち主というわけではないが、そのノートを渡した。

俺と龍之介のいるリビングに、深刻な空気が立ち込めていた。

やがて龍之介は、もうあんまり出ない歯磨き粉をひねり出すように声を漏らした。

「高校進学を機に始まったボクたちの共同生活は、つい二日前に入学式を終えたばかりだ」

「ああ、そうだな」

「四人で仲良く過ごして、この家でいっぱい思い出だって作りたい」

「ああ、だよな。作りたいと願わなくても、俺たち四人がいるだけで勝手にどんどん思い出はできてきそうだな」

「なのに、高一のしかも四月に、ほのか様に退去を考えさせるほど居づらくさせてる場合じゃないぞ」

「えっと、つまり龍之介としては、俺がほのかから告白されたら、付き合ってほしいってことか」

「ばっきゃろー！」

龍之介は唾を飛ばす。

「なわけあるか。ベスポジと本当のカップルになったほのか様と一緒に暮らす。ボクが無理だよう。そんなのきっと耐えられないよう」

「まあ、そりゃそうだよな」

「ベスポジ。『もしも妻夫木龍之介がピンチのときは無理をしてでも助けに行くよ』のお願いを聞いてくれ」

「あ、それ一生に一回じゃなかったんだな。い、いいよ、なんだ？」

「夜九時以降にこの家で、ストレスを抱えた雰囲気を醸し出した挙げ句、ほのか様にドキドキしてはならぬ」

「えっと、つまりほのかに告白のグッドタイミングを提供するなということか」

「ボクたちはいつか離れることになっても、それが高一の四月じゃ、あんまりにも早すぎる」

「わかるよ、俺も同じ気持ちだ」

「ありがとうありがとう」

「抱きつくな。でも龍之介のほうはほのかに告白とかって考えてないのか？」

「休むも相場なり」

「ん？　なんて言ったんだ？」

「休むも相場なり」

「ことわざか？」

「相場格言だ」

「どういう意味なんだ？」

「相場の先行きが不透明な場合は手じまって、次の好機が来るまで模様を眺めることだ」

「なるほど。で、なぜその相場格言を今？」

「ボ、ボクはほのか様に告白することをビビッてはいない。本当は、受験勉強も終わり、退院もでき、高校入学も叶ったこのときに積年の思いをいい加減打ち明けたかった。でも、さっきも言ったように、共同生活が始まったばかりだ。ボクたちはきっと四人で楽しく過ごせる。でもこの状況で誰かが誰かに告白なんてしようものなら、先行きは一気に不透明になる。苦渋の決断だが。今は己を戒める」

好意を相手に悟らせないまま一緒に暮らすのも楽じゃないはず。龍之介のメンタルが気になって聞いた。

「己を戒めて休んでいるうちに、ほのかが誰かのものになってしまうとか。今積極的にいけば、ほのかは靡いてくれるかもしれないとか、そういう焦りはないのか？」

いじわるな質問にも思えたが聞いてみたかった。

「ベスポジよ、株で勝つには二つのコントロールが大事なんだ。恐怖のコントロールと、欲望のコントロール。いつかほのか様と結ばれるために、今はじたばたしないで。この生活をなるべく平静な心境で楽しむよ。狼狽して告白なんてもってのほかだ」

「彼氏のフリをしている俺は、ほのかを悩ませちまって心苦しいが。四人のこの暮らしを壊したくないもんな。休むも相場なりか。俺もその心境で行くよ」

なんでかしらないが、シルクのパジャマを着た龍之介の口から出てくる相場格言に俺は、心を掴まれがちだった。株をやっていないんだけどな。

「ところで、龍之介よ。ノートを読んで気になったことがあったんだが」

「なんだ？」

「庭の洞からこのノートを取り出したとき、開いたページに自分の名前があって読んじゃったんだよな」

「うん」

「えっと、どこに龍之介の名前、あったっけ？」

ほのかのノートを開いた龍之介が「ここにあるだろ！」と指をさした。

『みすみーと妻夫木くんとは別々のクラスになっちゃった（超悲しい）』

「妻夫木くんとは別々のクラスになっちゃった、超悲しいと、ほのか様の直筆で書かれているんだぞ、どうだ。しかもただの悲しいではないぞ。超がついてるぞ」

「よかったな」

みすみーの分の悲しさも込みだろうよとは言わない俺だった。

龍之介は、リビングの掃き出し窓から庭にほのかのノートを返却しに行った。

俺は自分の部屋にひとまず戻ろうと思い、リビングを出たところで。

「――おわっ」

飛び上がった。

廊下に美澄が立っていたからだ。

しかも、腕組みをするその姿はバスタオル一枚巻いただけ！

「な、な、なんちゅう格好してんだよ⁉」

入浴剤のいい匂いをまとったままで、濡れた髪が裸の肩や鎖骨に張り付いてるのが艶めかしい。

俺は美澄の風呂上がりの姿をなるべく見ないように、視線を落とした。

美澄の素足が見える。

足の爪の見てくれに男も女もないかと思っていた今日までの俺にさよならを告げるような、綺麗な足の爪がそこにはあった。

美澄がこともなげに言う。

「お風呂上がりとしては普通の格好でしょ？　それよりきみたちこそ、なんて会話してるのよ？」

きみたち？

「……俺と龍之介の話、聞いちゃったのか？」

「偶々だけどね。脱衣所にヘアバンドを持っていくの忘れちゃって、部屋に取りに行こうと思って」

「ああ」

風呂場から、美澄の部屋に行くには、確かにリビングの前を通過しないといけない。

「龍くんの声で『相場の先行き』とか聞こえてきたから、なんか株の話をしてるのかなと思って。通り過ぎようとしたら、『ボクはほのか様に告白することをビビってはいない』って聞こえてきて」

美澄がどこらへんから、俺と龍之介のやりとりを聞いたのかわかった。最後のほうだ。最後のほうだからセーフという内容でもないが。

「龍くんが、石田くんの彼女ののかちゃんに告白したいって話を大真面目に、きみにしてる。なにこれ、修羅場が始まっちゃうのって。私、立ち聞きしちゃったじゃないのよバカ」

「なぜ立ち聞きしたほうが、立ち聞きされたほうに怒ってんだよ？」

「私は本来なら立ち聞きしない子なの。それなのに、立ち聞きの前科一犯がついたわ」

「立ち聞きの前科は、きっと美澄さんが思うよりは罪深くないよ。立ち聞きされたほうが言うんだから、気にしないでくれ。それより……、美澄さんが思うような修羅場にはならなかっただろ？」

「ええ、まあ」

美澄の裸足の指が小さくもぞもぞする。

「修羅場はなかったけど……、不可解なことを聞いてしまったわ」

「不可解？」

「きみは言ったわ。『彼氏のフリをしている俺は』って。……彼氏のフリってなにかしら？」

「…………」

美澄が俺と龍之介の会話を聞いたという時点で、覚悟していたが。

俺がほのかの彼氏のフリをしている。このことを美澄が知ると、

(なにが起こるんだっけ⁉)

冷静に考える時間が欲しい。

「ところでさ、さっきからなんで下向いてるのよ？」

「美澄さんがバスタオル一枚だからだよ。俺はその、こう見えて、根がエチケット尊重主義にもできているから。目をそらすのがマナーかと思っただけだ」

「そんな気遣いいらないわよ。だって、この家のバスタオルはホテルのみたいに厚手で大きいから、膝まで隠れてるし。上だってほら、チューブトップみたいな感じでしょ」

いったん会話が、彼氏のフリうんぬんから逸れたこのタイミングに、冷静になって考えたいと思ったが。

バスタオル姿の美澄を前に、冷静になって考え事なんて無理だった。

「……あ、わかった」と美澄。

「な、なにがわかったんだよ！」

視線を逸らすために俯いている男とは思えぬほど、声だけは威勢のいい俺だった。声の威勢の良さで、照れくささを誤魔化そうとする目論見でもある。

「そんなに肌露出してるわけでもないのに、きみが照れくさそうにしてるのって」

俺の照れくささ誤魔化せてない！

「バスタオルがほどけたらどうしよう、って想像してるからでしょ？　ほら、私を怒らせたら、チャンスかもよ？」

「怒らせたらチャンス？　どういうことだよ？」

「私が怒る。そうしたら私は反射的にきみに肩パンをする。そしたら、このきつく巻かれたバスタオルがほどけて、誰にも見せない私の柔肌が露わに。ふふっ、石田くん念願のラッキースケベイベントね」

「はぁ？」

人から言われたことでどんなに「はぁ？」って思うことがあっても基本的に「え？」と言い、「はぁ？」とはまず言わない俺が思わず「はぁ？」って返事してしまう、美澄の意味不明な言い草だった。

ラッキースケベイベントという、最近耳にした全フレーズの中で一番ダサい響きに小衝撃の余韻を感じつつ言う。

「なんで俺の念願が、そんなことなんだよ」

「だって、きみは根がえっち尊重主義者なんでしょ？」

（いやいや、そんな主義者なわけあるか。エチケットだよ！）

心からの反論を試みるため、久しぶりに顔をバッと上げた俺は――

「お？」

と漏らしていた。

澄ました声がずっと聞こえてきたから、美澄さんはてっきり余裕綽々の涼しい顔をしているものと思っていたが……。

頬をほんのり赤く染めていた！

バスタオル一枚で、俺の前に立っていることが恥ずかしかったのか……？

その顔を俺に見られた美澄は、

「『お？』って、な、なによ？」

さっきまで澄ましていた声も一転、そわそわしたものに変わっていた。

（バスタオル姿で恥ずかしがるの反則だろ、こっちまで恥ずかしくなる！）

俺はそっぽを向いた。

「根がエチケット尊重主義の俺は、バスタオル姿の同居人の女の子と立ち話してるのもどうかと思うので、立ち去るよ。じゃあな」

早口で言い終えた俺は美澄の横を抜け、階段に足を踏み出すと。

「私の部屋に来て」

背後からそんな声がした。

立ち止まって振り返ると、美澄がドアから顔を出していた。

「彼氏のフリをしている発言の説明、まだなにも聞いてない」

木製ドアはガラススリットが入っていて、美澄が俺から隠したつもりのバスタオルの身体の一部が、ガラス越しに見えていた。

ドアから顔だけ出すという体勢のせいか、バスタオルははだけ――膝の少し上、内腿の柔肌が露わに！

俺の目を釘付けにしているとは思っていない、余裕を取り戻した美澄の声が届く。

「髪乾かしたり着替えたりしてるから、十分後くらいに来てよ。もし来なかったらそっちの部屋に押しかけるから」

「お、おおう」

3

自室に戻る。

十分間の過ごし方を考えたとき。

美澄にどう説明するか、頭を整理するために使えばいいと思ったが。俺はなぜか、机の引き出しからその手紙を取り出していた。

『きみがこれを読んでいるということは、私はもうこの世にいないんだね』

そんな書き出しから始まるこの手紙は、一年前の美澄が書き——私が病院からいなくなることがあったら、これを石田くんにと。刈谷さんに託したものだった。

それを刈谷さんが、退院のタイミングであったつい先日、俺に渡してくれた。

美澄は、俺がこれを読んでいることを知らない。

ほのかの丸っこく可愛い字とは違う、その儚く綺麗な字を、俺は触れるように眺めた。

※　※

六年生の私は、自分が助からない病気だってわかって。

きみと別れないとって思ったの。

※　※

でもね。

別れるためとはいえ、嫌(きら)いになりましたなんて、嘘(うそ)でもきみに言える自信がなかった。

だから、愛想(あいそ)を尽(つ)かしてもらおうと思った。

ワガママで口の悪い子。

これなら嫌(きら)われるって。

天使と呼んでた子達は、私の変わりように距離(きょり)を置くようになっていった。

でも、きみは変わらなかった。

きみはきみのままだった。

※　※

のかちゃんとの結婚式、素敵だった。

きみのそばに、私みたいな素直じゃないひねくれた女じゃなく。

素直で可愛いのかちゃんみたいな子がいることが、嬉しい。

私は弱い人間で、死は怖すぎるもので。

死を受け入れやすくするために、この世界は素敵じゃないものだって、力ずくで思うことにした。

※　※

十分経ったかな。

俺は手紙をしまい、自室を出た。

初めてこの家に訪れた日は、何ＬＤＫなのかもわからない豪邸だったが。さすがに暮らし始めて数日経つと、だいたいの部屋は見知ったものになる。ただ、そうした中にあって、まだ入ったことない場所もあった。その一つが、美澄の部屋だった。

二階の廊下の奥。その扉を俺はノックした。

「……どうぞ」

中から美澄の声。

俺の部屋の快適な八畳と似たような間取りだろうなと思いながら、ドアを開けた俺は、度肝を抜かれた。

目の前には――

中世ヨーロッパ的世界観のお姫様のコスプレを嗜む人は、ここを撮影スタジオにできたら歓喜しそうな、煌びやか空間が広がっていたのだ。

クラシカルなシャンデリアに、いかにも値が張りそうなアンティークの調度品の数々。

何畳あるかわからない部屋の真ん中には、天蓋付きのベッドがあり、その端に美澄が座っていた。触らなくてもわかるほどモコモコした素材のパステルカラーのルームウェア。スウィートだな。

「お、お邪魔します」と俺。

「ようこそ、取調室へ」

かつ丼の似合わない取調室だな。

「ここで取り調べが行われるのか？」

「きみが素直だったら、とりあえず拷問部屋にはならないはずよ」

「拷問て。美澄さんの冗談は面白いな」

「ふふっ」

ただただ笑ってやがるよ、この女。

俺は、ベッドの美澄と差し向かいになる位置——文化財みたいなエレガントな絨毯に腰をおろした。うわっ、フカフカ。雲の上にでも座ったみたいだ。

「この部屋すげえな。部屋に対して初めて使う感想だけど。絢爛だな」

「そうね。私は普通の部屋でいいんだけど。許嫁はこの部屋というのが、決まり事みたいで」

「決まり事か。やっぱり許嫁にはそういうのがいろいろあるんだな」

「いろいろって程ではないかも？」

「変わった決まり事とかないのか？」

「なにかしら。妻夫木家から龍くんの携帯電話に不定期で来る連絡には、極力許嫁の私を横づけしてビデオ通話で応答することっていうのがあったりするわ」

「それ、大変そうだな」

「別にそんなこともないんじゃない？　龍くんと私はだいたい夜は同じ家にいるし。回診とか採血検温とかあった入院生活に比べれば」

「ああ、あれは病室にいないと怒られちゃうもんな」

「私はこの家で自由を謳歌してるわよ。和千代さん優しい人だから」

「そっか。よかったよ。で、そのベッドはキングサイズってやつか？」

「ねえ、本題に入っていいかしら？　早く聞きたいことがあるの」

「俺がなぜ、ほのかの彼氏のフリをしているかってことか」

頷く美澄に、俺はその経緯を話し始めた。

死ぬ前に恋をしてみたいと願ったほのか。

たまたま同じ病気で入院してきた俺に運命を感じたほのかが、恋の相手に俺を選んだ。

恋に恋するほのかは、死ぬことを過度に怖がってはいなかった。

ほのかが恐れていたのは、周りからあの子は一人ぼっちだったと思われて死ぬこと。

ほのかは一人ぼっちだと思われないために、カップルＹｏｕＴｕｂｅｒに憧れた。

俺は彼氏のフリをして、ＹｏｕＴｕｂｅに出演するようになった。

それらの事実を、俺がほのかのノートで知ってしまったことは割愛しつつも、順序だてて説明できたかと思う。

静かに聞き終えた美澄が言う。

「……ひとつ腑に落ちないことがあるんだけど、いいかしら？」

「なんだ」

「きみが、のかちゃんの望みを叶える手助けがしたいと思ったのはわかるわ。でもわからないのは、なんで彼氏のフリなのかってこと」

「ん？」

「フリなんてまどろっこしいことしないで、本当の彼氏になっちゃうほうが自然じゃない？」

「……自然……」

「のかちゃんみたいな可愛い子にいきなり好いてもらえるなんて、買ってもいない宝くじが高額当選するみたいな僥倖でしょ。それの当選金を受け取らないなんて不自然じゃない？」

「……不自然……」

「私が男でのかちゃんの彼氏になれるんなら、すぐ付き合う、絶対付き合う。そして、恋人同士じゃないと許されないナデナデとか、ぴちゅギュッとかニギニギを。ぐふふ」

ナデナデとニギニギの間に、変なの紛れてたな。

「ぴちゅギュッってなんだよ？」

直前までよだれでも垂らしそうな顔で「ぐふふ」と残念な笑い方をしていたくせに、美澄のやつは冷え込んだまなざしを一丁前に寄越してきやがった。

「石田くんて、不埒な男ね。私の口からそんな卑猥なことを言わせようとするなんて」

「おい、そこの不埒な女よ。ほのかと付き合ったら、その卑猥なことを思い描いたのはそっちじゃねえか」

「冗談よ」

「いったいどこが冗談だったんだよ」

「きみのその下心の垢こびりつきフェイスで勘違いしそうになるけど、実際は不埒な男じゃないのは知ってるわ。だって、私と付き合っているときも、ぴちゅギュッしてないしね」

「ちょ待て待て、下心の垢こびりつきフェイスのあとは話が入ってこなかった」

「大丈夫よ、私から見たら思春期の男子なんて、ほぼみんな多かれ少なかれ、見るに堪えない下心の垢こびりつきフェイスだから。だから石田くんは、まだ少なかれのほうよ。ほら、嬉しいでしょ？」

下心の垢こびりつきフェイス（少なかれ）だ。やったー。誰が思うか。

「男子はほぼみんな、見るに堪えないのか」

学校の半分は男子なのによ。

「美澄さんにとって学校ってのは、ずいぶん夢のような場所なんだな」

美澄は、「ふぅう」とため息を吐いた。

「そうね、熱を出しているときに見る夢のような場所ね」

「二日前の入学式の放課後。そっちのクラスまで美澄さんを迎えに行ったとき、聞いたぞ」

「私が一足先に雪幌病院に向かってた放課後ね。なあに？」

「下校していく男子たちが嬉しそうに、『うちのクラスにずば抜けた美少女がいたよな』って話してた」

「その、ずば抜けさんは誰のことかしら」

「近松さんって人らしいぞ。なあ美澄さん、見るに堪えないなんて思ってたら、せっかく良い印象を持ってくれてる男子たちから、近寄りがたいって思われるぞ。いろんな人と出会える学校生活がつまらなくなるんじゃないか？」

美澄は、この世で最もくだらない校則を聞かされた新入生みたいに、わかりやすく顔をしかめた。

「むしろ私は男子から近寄りがたいって思われたいわ。学校でいろんな人と出会いたいとも思ってないし」

「美澄さん……」

「そんなに謎か？」

「って、こんな話はどうでもいいわ。きみが、のかちゃんと付き合わない謎を考えたいの」

「何度も言うけど、あんなに可愛いのよ。きみだってそう思うでしょ？」

「ああ、ほのかは可愛いよな」

「首筋をクンクンしたらえちえちな匂いのする、顔も性格も可愛い上におっぱいも大きい子から、毎日好意的に接してこられたら。好きになるってもんでしょ、男なんてもんは」

「ごめん、首筋をクンクンしたらえちえちな匂いから、話が入ってこなかった」

「もぉなにやってんの。取調中なのよ、集中して私の話を聞きなさいよバカ」

「たぶん、取調中にいかがわしいワードが聞こえてくるせいだよアホ」

「いかがわしいだなんて、石田くんにはそんなピュアぶる資格はないのよ。だって、きみはのかちゃんと付き合ってないのに、結婚式で、ぴちゅしたんだから」

「ぴちゅは、キスのことだったんだな」

入学早々クラスの男子からずば抜けた美少女と噂されてるくせに、キスのことをぴちゅと言うセンスの、大さじのダサさと小さじのキモさをからかっている時ではなさそうだ。

ベッドに座る美澄は視線を落として、言う。

「あの結婚式はとっても素敵だったわ。だけど、優しいきみは、誰かのためだったら……。彼女でない子と、キ、キスできたりするんだね？」

あのときは自分でも思い切ったことをしたとの自覚はある。

なにせ、唇と唇のキスだ。

「あの場は、なんていうか、結婚式の雰囲気もあったし。その……」

「いいわよ。あのキスはとっても素敵だったんだから。ただ、きみは彼女でない子と、キスできる人なんだなって……。そう思っただけ」

「…………」

なんて言えばいいんだろうか。

謝ったほうがいいのか。

いや待て。

なにに対しての謝罪かわからない。

なにも言えずにいると。

美澄が視線を上げた。その瞳の奥に恨めしい色を見て、

「み、美澄さん？」

たじろぐ俺に、美澄が言う。

「むしろさ、のかちゃんで付き合えないなら、誰ならきみと付き合えるのよ？」

「いや、まあ、付き合うとかって、その、タイミングってのがあるだろ」

「タイミングって……、そんな小賢しい日本語どこで覚えてきたの？　私ときみなんて、なんかぬるっと付き合う感じになったじゃない」

「あれは、まだ小五だったし。てかタイミングは日本語じゃねえな」

「のかちゃんはきみが大好き。きみだってのかちゃんのこと絶対好きなのに、付き合わないって意味わからないわ」

「……それは……、いや……、……なんでもない……」

美澄に、なにもかも話してしまいたい自分と、なにも言いたくない自分が、同時に俺の中に存在していて。

まるで、七並べみたいな会話をしているな、と思った。

俺の心の中には、まだ出していない言葉がある。

パスしてていいけど、共倒れする前にいつかは、堰き止めていたハートの「6」やスペードの「8」を出して、会話を進めなくてはいけない。

ここが雪幌病院の病室だったらいいのにな、と思った。

病院なら消灯を理由に、会話が多少宙ぶらりんのままでも、この部屋から出ていける。

でも、この美澄の部屋（取調室）からは消灯を理由に退室できない。共同生活おそるべし。

一旦お開きにするきっかけがないんだから。

「…………ねえ、きみがのかちゃんと付き合わないのってさ」

美澄は、七並べで堰き止めていたダイヤの「8」を出すみたいに、言った。

「もしかして、龍くんに遠慮しているの？」

「……それは、うーん。あるかもしれないな」

場にダイヤの「8」が出たから、俺は「9」を出すように答えた。

「龍之介の恋はうまく行ってほしいと思うからな」

本心だ。

「ほのかは可愛い子だから、誘惑に負けていない自分が不思議だよ」

本心だ。

「俺がほのかと付き合うには、好きな人を病気から救うために医学論文まで取り寄せて読み漁った龍之介の、ほのかを想うその気持ちに、俺も全然負けていないと思えるまでは無理なんだと思う」

本心だ、きっと。

「要するに軽い気持ちで付き合うなんて、のかちゃんのことを真剣に想っている龍くんに申し訳ないからできないって、そういうわけね？」

「ああ、どうだ。本当の彼氏になっていない理由、納得してくれたか？」

「…………あやうく」

「あやうく？　あやうくってなんだ」

あとには、納得しかけたけどと続きそうだな。

「……納得しかけたけど。……腑に落ちないことが、ひとつ増えたわ」

「なんだよ」

「きみは、龍くんのことがあるから、のかちゃんと軽い気持ちでは付き合いたくないのよね」

「ああ」

「それ、おかしくないかしら？」

「…………なにが、おかしいですか？」

敬語になってしまう俺に、美澄はぴしゃりと言う。

「時系列が、よ」

「…………」

「だって、のかちゃんがきみにカップルＹｏｕＴｕｂｅｒになりたいって言ってきたときって。のかちゃんと石田くんが出会ってまもなくなんだから。きみはまだ龍くんが、医学論文を取り寄せているなんて知らなかったでしょ？」

「……そうだな」

「龍くんが真剣にのかちゃんを想っている気持ちを知ってから、軽い気持ちでは付き合えないと思うのはわかったけど。のかちゃんが最初にきみに好意をぶつけてきたときなら、この子可愛いな、ちょっと付き合ってみようかなって気持ちで付き合うこともできたんじゃない？　むしろそうならなかったなんて、なんか変よ」

「…………」

「なにか隠しているんでしょ？　言って楽におなりよ」

「…………」

「それとも弁護士が来るまで、黙秘権かしら？　この取調室には弁護士は来ないわよ。ふふふっ」

真犯人を追い詰める名探偵みたいになった元カノの、弁護士どうののくだりが鼻につく。

俺は堰き止めていたハートの「６」も出すことにする。

というか。

この七並べの比喩をする俺がなにより鼻につく。

「それは美澄さんの、せいだよ」

その言葉は自分が思っているより無機質な音になって出た。

せいだよって言い方はあんまりかと思って、言い換えようかと思ったが……。

せいだよ以外が浮かばなかった。

美澄は、

「え」

と漏らした口の形のまま、口を閉じそびれていた。

美澄にしてみれば、真犯人を追い詰めた名探偵が、「どうして殺したんだ？」と動機を問い詰めた際に、「それは、あんたのせいだよ」と返されたような、面食らい事案だと思われる。

「……石田くんが、出会ったばかりののかちゃんから好意を向けられても、付き合わなかった原因に、私がいるの……？」

俺の瞳から心でも読み取ろうとするように、懸命なまなざしを向けてくる美澄。

「ああ、申し訳ないけどな」

小学校時代、クラスメイトから天使と呼ばれていた美澄と俺は付き合い、彼女は最後に堕天使化し、転校していった。学校に残された彼氏の俺は、堕天使製造機の異名を頂戴した。

俺はつい最近まで、なぜあの頃の元カノが堕天使化したのか、その理由をはっきりとはわかってなかった。

そして、出会ったほのかは病棟の天使と呼ばれていた。

だから、そのときの俺が、軽い気持ちでほのかと付き合えるわけもなかったんだ。

俺は天使と呼ばれる子と付き合うと、堕天使にしてしまう男なんだと、割とマジで思っていたんだから。

その原因となったのが他でもない、俺と付き合って堕天使化した元カノ近松美澄お前さんだよと。

一抹の心苦しさを覚えつつも、引導でも渡すつもりで、先の「申し訳ないけどな」を口にしたのに。

「〜〜〜〜〜っ！」

モコモコのルームウェアの美澄は頬を朱に染め、じっと視線を落としたまま、身じろぎもしない。

（なんだろうこの反応は？）

俺はてっきり、交際時の出来事を勝手にトラウマ化し、それが因で次の交際に及び腰になった男の被害者面の弁など、渾身の毒舌でもって一蹴してくると思ったのに。

美澄は、どういうわけか顔を真っ赤にし、胸の前で合わせた両手の指の先をくっつけたり離したりと、謎のチョンチョンを始めている。

「み、美澄さん？」

「好ちゃん…………石田くん」

今、言いなおしたけど、俺のことを付き合っていたときの感じで呼びおったぞ。

（どうしたよ、美澄？）

様子が変だ。

美澄は、チョンチョンをやめた両手を胸に添えるようにして、震える声で言う。

「ええっと、それってつまり……きみは、元カノのことが忘れられなくて……、その、のかちゃんと付き合えなかったって……。そういうこと、なの？」

「…………」

えええええええええ⁉

予想外の解釈をされた！

と思ったが。

小六の冬に別れた美澄は、一年前の時点でも俺のことを想ってくれていたんだ。元恋人のことが忘れられなくて、だから次の恋愛を始めなかったという発想は、美澄にとってそう突飛なものでなく、むしろ自然なものだったと思い至り。

どうすればいいんだ⁉

この誤解をどう解けば！

というか解いていいのか⁉

いや解かないとまずいだろ！

俺は、無様なほどパニックに陥っていた。

（ごめんそういうことじゃないんだ。出会ってまもない頃のほのかと付き合えないと思ったのは、俺は天使みたいな子と付き合ったら、原因不明のままその子を堕天使にしてしまうと思い込んでいたからなんだ。で、俺にそう思い込ませたのが、美澄さんというわけなんだよ）

言うべきことを、なんとか頭の中にこさえた。

よし、この主張を指チョンチョンを再開している元カノに投げつけようと思った——まさにそのとき。


——コンコン。


部屋の扉をノックする音は、爆弾でも爆発したように響いた。

扉の向こうから携帯の着信音も薄く聞こえてくる。

「美澄嬢。ボクです、母上から電話が来まして、今大丈夫ですか？」

「りゅ、龍くん、大丈夫よ。でもちょっとだけ待って。着替えてるから」

「は、はい。——もしもし、母上。美澄嬢の部屋の前です」

和千代さんからの連絡が来たら、ビデオ通話で応答するという許嫁の決まり事か。

「なにやってるの、こっちに」

押し殺した声の美澄に手を引かれ、キングサイズのベッドに誘われる。

「布団の中に入って」と緊迫感のある美澄に押し切られ。

「お、お」

俺はよくわからないまま、導かれるまま布団の中に潜った。

キングサイズのベッド用の掛布団は、大きくフカフカだが。不審な盛り上がりでバレないように俺はうつ伏せで平べったくなった。

ベッドに座り、布団の中に足を入れている美澄が、落ち着き払った声を作って言う。

「龍くん、どうぞ」

布団越しに扉の開いた音を聞く。

「お邪魔します」

龍之介がベッドに近づいてくる気配。たぶんベッド脇に立ち止まった。ビデオ通話になっているんだろう、スマホから和千代さんの、カシミアみたいな滑らかな声。

『美澄さん、夜分にごめんなさいね』

「いえいえ、今はお風呂上がりでまったりしていただけなので」

美澄がよそ行きの丁寧な声で応ずる。

そしてそのまま妻夫木家の不定期連絡、三者によるテレフォントークが始まった。

（これ、そもそも布団の中に隠れる必要はなかったのでは……？）

美澄とのっぴきならない話し合いの最中に、龍之介が来たから、慌ててしまったが。

別に同居人なのだから、夜に互いの部屋にいてもおかしくないわけだし。

ただ、和千代さんの連絡だからこそ、より慌ててしまったという一面もある。

にしてもそのビデオ通話を許嫁も揃ってする決まり事というのは、俺はさっき聞いたばかりなのに今起こったことに、妙な偶然性を感じずにはいられない。

（あ、これはもしや）

一週間以内に三つ起こるはずなのに、まだそれっぽいことが一つも起きていないお知らせドッキリの一つか！

龍之介のノック後の美澄の慌てた様子は真に迫っているように見えたが、なにせ絵本をエモーショナルに朗読する美澄を知っている。あれぐらいの演技はできそうだ。命短し恋せよ男女チャンネルを応援してくれている和千代さんなら、仕掛け人役もしてくれるだろう。

ドッキリだと思うのなら。

これはドッキリだろ！　と見破ってみるのもアリだろうか。

………。

いや、なしだな。

ドッキリを見破られた美澄と龍之介の顔を見るのは、愉快に違いないだろうが。

もしドッキリでなかったら、どうなる？

龍之介はさぞ気を動転させることだろう。

いや、龍之介よりなにより和千代さんだ。

なにせ、ビデオ通話で話していた息子の許嫁が座るベッドの布団の中から、男が出てくるのだ。

いらぬ誤解しか生まない。和千代さんに対するドッキリでしたと言い逃れできるかもしれないが。

それは無駄にスリリングだ。ドッキリだと見破ることのために、ヘンなリスクを冒すのはとにかくやめよう。

三人が、ビデオ通話での会話を続ける中。

俺は、大人しく布団の中で平べったく過ごす運命を受け入れ、徐々に落ち着いてくると——

俺はこの布団の中で、ついさきほど階段を上るまえに木製扉のスリットガラス越しに見た、あの眩しい内腿がすぐそばにあることが意識され、最前とは別種の落ち着かない気持ちになる。

視覚はほとんど真っ暗だし、身体はどこもくっついていないから触覚への刺激もないが、無視できないのは嗅覚の刺激。

最初、この美澄の布団の中に潜った瞬間に感じられ、そして今も俺の鼻腔をくすぐる、このなんとも形容しがたい匂いは。

（誰かさんが誰かさんの首筋をクンクンしたらするという、えちえちな匂いというやつなのか！）

『もともと龍君の許嫁候補第一位のお嬢さんが、時計ヶ丘高校の一年生にいるのよ。もしかしたら、美澄さんに会いにくるかもしれないわ』

「母上。絢姫はもう、きっとボクのことをなんとも思ってないですよ。雪幌病院にだって、一度も見舞いとか」

『そうね。でも絢姫さんは愛情表現がちょっとアレなお嬢さんだったから。美澄さん、もしなにかあったら、すぐ龍君やあたくしに言ってね』

「わかりました。ありがとうございます」

会話を聞く余裕もなく、微動だにしない姿勢の維持に集中する一、二分。

『妻夫木家の決まり事で不自由かけてごめんなさいね。それでは、美澄さん、龍君、おやすみなさい。ほのかさんと好位置さんと仲良くね』

ビデオ通話が終わった気配があった。

あとは龍之介が、美澄の部屋から出ていけば、俺は晴れて布団の中から出られる。

「美澄嬢、お邪魔しました。それではボクは」

その瞬間はもうすぐだと思っていたのだが——

「ねえ、龍くん」

「はい？」

「私の気のせいだったらいいんだけど……。最初さ、この部屋に入ってきたとき、龍くん泣いてなかった？」

「……美澄嬢の気のせいですよ。だって、もしボクが泣いてなんかいたら、母上になにか言われちゃいますすよ」

「ビデオ通話じゃわからないくらい、小さな涙が目の端にあった気がしたわ」

「…………」

「龍くん、大丈夫？」

布団の中の俺の耳に聞こえてきたのは、鼻を啜るような音だった。

龍之介が泣きそうになってる？

「美澄嬢、すみません。今日はちょっと、ツライことがあって」

ツライこと？

「母上から電話が来る前、リビングに一人でいたら、そのことばかり考えちゃって……」

「私でよかったら聞くよ？」

「いえ、こんな話聞いてもらうの、申し訳ないですよ」

「……誰にも話せないことばかり心に溜めてると、もっとツラくなっちゃうわよ」

「……」

「龍くんが、今日ツラかったこと。のかちゃんが関係しているんじゃない？」

「……やっ、あの……」

「龍くん、のかちゃんのこと好きでしょ？」

「みみ美澄嬢、知ってたんですか⁉」

「龍くんを見ていればわかるわよ。でも安心して、のかちゃんは全く気付いてないから」

「……ほのか様が、ベスポジのことが好きなのはよくわかってるんですけど……。今日は、特にほのか様がベスポジを想う気持ちの強さを、感じることがあって。それで……」

あ。

ほのかのノートを見た俺と話していたときの龍之介の姿を、頭の中でなぞる。

ほのかのノートを勝手に見ることに、苛まれてはいたがいつもの龍之介だった。

でも、そうだよな。

自分の好きな人が、自分ではない好きな人に告白しようって想いを綴ったノートを読むなんて、キツくないわけないよな。

「……龍くん、つらい恋をしているんだね」

美澄が優しい声音で言うと。

「美澄嬢！」

たようだ。

龍之介はベッド脇に膝をつき、ベッドで上体を起こしている美澄のそばの布団に突っ伏し

「よしよし、よしよし」

美澄は龍之介の頭を撫でてあげていると思われる。

俺はというと、龍之介にバレないか——最大のピンチに心臓がバクバクしだす。突っ伏している龍之介がなにかの拍子に、布団越しの俺の身体に触れる可能性もある。

「……ボクは、ボクは」

「大丈夫、よしよし」

「…………」

片想いのツラさに涙する男と、その男のツラさを受け止める女と、その女の布団の中に隠れる男という珍状況が続くこと数分。

「ねえ、なにか飲みたくない？　龍くんが入れてくれたハーブティーが私は飲みたいわ」

「は、はい。ぜひ飲みましょう」

美澄がベッドから下り、扉が開き、閉まる音。二人の声は、遠くなってすぐに聞こえなくなった。

俺は布団をがばっとはねのけ取調室をあとにした。

4

龍之介の涙を、美澄の布団の中で聞いた夜が明け、ハイスクールデイズ初の月曜日だ。

今週の朝食当番である、龍之介が妻夫木家からデリバリーしてきたのはマッシュルームのピラフだった。雪幌病院では、ヘルシーな夜食に比べ、朝食が一番ボリューミーだったので、朝からしっかり食べるのは慣れている。

月曜の朝から舌鼓を打つほのか。きっと美味しかったはずなのだが、美澄のことや龍之介のことが気になって、俺は味わうどころではなかった。

「のかちゃん、寝ぐせ寝ぐせ。ほら、ドライヤーかけたげるから、頭もってきなさい」

「みすみーママ。あざます」

「ははっ、ベスポジ、ネクタイ曲がってるじゃないか」

「龍くん、あなたのネクタイは短すぎよ。こっちに来て」

「美澄嬢、あわわわ」

俺はほのかの彼氏のフリをしていると、美澄が知ったのは昨夜のことだが。

美澄も、そして龍之介もなんのよそよそしさもなく、いつもと変わらない様子だった。

だから、俺もいつもと変わらずにいなきゃな。

四月前半の札幌のくせに、ちゃんと春の気配がしてくれる通学路を、四人で登校中。

ほのかが言う。

「入院してるときって、一週間が始まる感覚も一週間が終わる感覚もよくわからなかったけど……。月曜日の朝に支度して、学校に向かってるのって、新しい一週間が始まる感がすごいね！　ところで、踵のところにローラーのついた靴で登校するってどうかな？」

「なんだ？　罰ゲームの話か。それは結構エグいな」と俺。

「罰ゲームじゃないよっ。カッコいい登校の仕方を考えてたの」

「踵のところにローラーがついた靴で、ほのかは登校したいのか？」

「うん！　ずっと昔からあの靴いいなぁって憧れてたんだ！　サンバイザーも用意しないとだね」

「なんだサンバイザーって？」

「サンバイザーはね、日よけや紫外線対策のために被る、ツバの部分が大きい帽子のことだよー」

「頭頂部が空いているご機嫌な被り物だろ。それはわかるよ。なぜ、用意しないといけないんだ？」

「ふふっ、好位置くん知らないの？　踵にローラーのついた靴を履くときは、サンバイザーも着用するのが正装なんだよ。ＣＭで女の子が被ってたもん！」

「……………」

「ほのか様、いいですね。よろしければボクが調達します」

「わ！　え？　そんな！　いいの？」

「任せてください。妻夫木家の家訓で、同居人が欲しがる靴と帽子は用意せよというのがありますので」

　前方で並んで歩くほのかと龍之介に聞こえないように、俺はボリュームを落とした声で言う。

「なあ、美澄さん」

「なあに、石田くん」

「嘘家訓が繰り広げられてるぞ」

「私は止めたりしないわよ」

　そこで隣を歩く美澄が、内緒話でもするように顔をぐっと寄せてくる。

「だって想像してみて、踵にローラーのついた靴なんて、きょうび小学生でも履いてないわよ。それをサンバイザーまで被った女子高生が嬉々として、踵にローラーのついた靴で登校する姿なんて、下手したら人類がまだ踏み入れていない可愛さを目撃できるかもしれないのよ」

美澄は、歩きながら人に耳打ちするときの分量をややオーバーして喋りながら、もう嬉々とした女子高生だった。

前方でほのかの声。

「妻夫木くん、じゃあ、お言葉に甘えて、四足お願いいたします」

「五足でなくていいんですか？　月火水木金用には、一足足りませんよ？」

「ううん、わたしと妻夫木くんとみすみーと好位置くんの分だから、四足。えへへ」

「ボクが、ほのか様とおそろい……」

「おい、美澄さん。下手したら人類がまだ踏み入れていない珍妙な四人組を目撃されるかもしれないぞ」

「人類がまだ踏み入れていない四人組といえば」

「人類がまだ踏み入れていない四人組が呼び水になる『といえば』があるのかよ」

「ねえ、のかちゃん、龍くんも聞いて」

「なあに、みすみー」

「なんです、美澄嬢」

前列の二人が歩きながら、振り返る。

「改まって話してなかったけど。私達の共同生活のことは学校では秘密にするってのはどうか

りそうだ。

高校生の男女四人が一緒に暮らしているなんて同級生に知られたら、確かに厄介なことにな

しら？」

「それがいいだろうな」

俺が言うと、龍之介もほのかも賛同するように頷いた。

「共同生活は秘密。命短し恋せよ男女の新ルールだね。えへへ」

「新ルールに、もう一つ補足したいのだけど」

「なんだい？」と俺。

「自意識過剰かもしれないけど、命短し恋せよ男女チャンネルの私達が学校で一緒にいると、どうしたって目立っちゃうわ。だから学校では極力会わないようにしましょ」

「えー。みすみーと学校で遊びたいよー」

「ふふっ、家でいつだっていーっぱい遊べるわよ。それにのかちゃん、私とべったりしてないほうが新しい交友関係を広げられるチャンスよ」

学校初心者の素直なほのかは、美澄からそう言われてしまえば、納得したようだった。

「のちこいメンバーは、学校では極力会わない。了解ですよ」

龍之介がすんなり同意したことが、意外に感じた俺は前列の龍之介を引っ張って、小声で確認する。

「学校でほのかとちょいちょい会えなくていいのか？」

龍之介は俺にだけ聞こえる声量で言う。

「毎日朝も夜も、ほのか様の半径50メートルの世界で過ごしてるんだぞ。学校でも会っていたら……。ボクが満たされ過ぎて成仏したら、どうするんだよう？」

「大丈夫だ。確か龍之介は霊じゃないはずだから。昇天はしても成仏はしない」

ってか半径50メートルか。妻夫木楼は広いな。

「それにベスポジは知らないのか、会えない時間が愛を育てるとな」

「会えない時間、短いな」

ちなみに俺とほのかは同じクラスだから、極力会わないというのは土台無理だった。

※　※

月曜日の学校。

ほのかはどこから仕入れたのか、後ろから肩をポンポンと叩き、振り向いたときに指でほっぺをつつくいたずらを習得していた。小学校でなきゃ、お見かけしないようないたずら。二時限目の休み時間も三時限目の休み時間も、俺に仕掛けてきたほのかは「好位置くん引っ掛かった。えへへ」と、ご機嫌だった。

昼休み。俺は、ほのかの後ろから肩をポンポンと叩き、同じいたずらをお見舞いしようとしたのだが――

セットしていた俺のひと差し指は、振り返ったほっぺではなく、ほのかの口の中にスポッと入ってしまった。

「……ふおういちきゅん」

その衝撃の場面を目撃したアベリコに、「なまらヤバいね」とひやかされた以外は、平穏に過ぎていった。

5

一人、風呂にいる月曜の夜だった。

入院していた頃には叶わなかった、湯船にゆっくり浸かるという入浴タイムを満喫しながら。

最初、脱衣所のほうで人の気配がしたとき、龍之介かと思った。

でもすぐに龍之介は今夜、所用のため妻夫木家に向かっていてまだ帰ってきてない事を思い出す。

（ほのかか美澄か、脱衣所になにか取りにきただけかな？）

そんな風に思ったが、人の身じろぎする気配は去らないまま——サッザッ。

（衣擦れの音！）

風呂場に誰もいないと思い込んだ誰かが、入浴しようとしている可能性に思い至り、

「入ってるぞ！」

湯に浸かりながら、声を張り上げたが、

「…………」

脱衣所から反応はない。

そして、浴室のドアがゆっくりと開かれた。

目に飛び込んできたのは、濃紺と肌の色。

「こ、好位置くん」

浴室に入ってきたのは、水着姿のほのかだった。

俺はわけもわからず身体をさらに十センチ、湯船に沈めた。幸いというか、乳白色の濁った入浴剤を使っていたので、俺の首から下は隠れているはずだ。

「ど、どうしたほのか？」

その声が上擦っているのが自分でもわかった。

「……うん……」

プールの授業で女子が着る、そっけない濃紺のワンピースタイプの水着。キュロットスカート一体型で、ふとももは中間まで隠れている。

そのデザインから本来なら、健全な可愛らしさのスクール用の水着と思うだけだが。深く開いたU字の胸元からは、ほのかの発達しすぎた胸の五合目まで見えていて、健全な可愛らしさなど吹き飛ぶほど、えっちなビジュアルになっていた。

（スクール水着に詳しくなんかないが、こんなに胸元が開いているものなのか……？）

ほのかは、湯船の俺に視線の高さを合わせるように、浴室の床に膝立ちになる。

「わたしって学校生活のチュートリアルもせず、高校生になっちゃったでしょ」

「チュートリアルは小学校にもあったかどうか」

「だからせめて、小学校や中学校でみんなが経験してきていることを、わたしは今から取り戻そうと思って」

「ごめん、この状況になった経緯をもっと頼む」

「小学校ってね、プールの授業というのがあるらしいんだよね」

「ああ、あるな」

「男の子と女の子がこういう水着を着て一緒に過ごすんだよね？　だから、わたしもそういうのを体験したいなって思って！」

　ほのかよ。

　俺たちは小学生じゃないし、ここはプールじゃないし、しかも俺のほうは全裸だし。

　いろいろ無理があるよ。

　ただ素直なほのかは、嘘がつけない子だった。

　今のこの状況が、義務教育時代のプールの授業の再現にならないことを、わかっている顔をしていた。

　じゃあなぜ、ほのかは強引な動機をこさえてまで、スクール用の水着姿で俺の入浴中にアポなし浴室襲撃をしてきたのか？

考えるにこれは、

「ほのか、すごいドッキリ考えたな」

「でしょ、えへへへ。ち、違うよ！　ドッキリじゃないよ！」

なんて素直でめんこい生き物だろうか。

ハッキリ「でしょ」って言っちゃったし。ぽのかだなぁ。

ただ、ほのか考案のお知らせドッキリだとわかったからといって、なにも安心できない。

なぜなら、例えば、仕掛け人が幽霊に扮したドッキリだったら。

それがドッキリだとターゲットが察してしまえば、もう幽霊だとは思っていないわけなので、当然安心できるものだが。

水着のほのかは、ドッキリだろうがなんだろうが今目の前にいる事実は変わらないのだ！

「……」

ほのかはドッキリで浴室にきたとして、なにをするプランを持っているんだろうか。一緒にお風呂に浸かる気なのか？

妻夫木楼の浴槽は広いので、身体がどこも密着することなく、二人が湯に浸かれそうではあった。乳白色の入浴剤のおかげで、湯に浸からせたほうがほのかボディが見えなくなり、視覚の平穏のために随分いいかもしれない。

それに気づいた俺は言う。

「ほのかも湯に浸かれよ」

「ううん。プールに入る前に準備運動しないとだから」

膝立ちだったほのかは立ち上がると、
俺の目の前でラジオ体操を始めた——！

キュロットスカートで隠れていた太ももの上部がチラチラ見えて、大きな胸が揺れる。

刺激的すぎる光景に、眩暈を覚えた俺はたまらず、顔をそらした。

視線の避難先には浴室特有の横長の大鏡があり、そこにはほのかの背中が映っていた。

（……ん？）

少し、気になることがあった。

ほのかの背中、濃紺の水着はうなじの下まであるようで、ほのかの髪も相まって、背中の肌はすべて隠されていた。

胸元が大きくU字に開いてるのに、背中はクルーネックのシャツみたいに首もとまで詰まっているデザインの水着って、あるんだな……？

思案すること、ほんの数秒。

俺はある結論に至り、脳内で。

（ほのちょこちょいめ！）

と叫んだ。

ほのかのやつ、スクール用水着を、前後逆で着てやがる！

その一点に気付くと。

スクール用水着の本来の仕様より、遥かに露出度を上げてしまっている胸元に、なんかこう、見てはいけないものを見てしまっているとの背徳感がムクムク芽生えてしまった。

周辺視野で依然ラジオ体操中のほのかが、平静を装おうと必死になる俺に言う。

「あれれ、好位置くん」

「な、なんだよ」

「えへへ、もしかして……。わたしに、ドキドキ、してくれたのかな？」

「なっ」

反射的に、ドキドキなんかしてないやい、と強がって見せようとして、踏みとどまった。

そんな風に言った場合、どうなるだろうか？

ほのかは命短し恋せよ男女チャンネルのドッキリ企画のためなら、頑張りすぎてしまう姿も容易に想像できる。

もし、俺をさらにドキドキさせようと、より積極的になってきては一大事だ！

それだけは避けなければ！

俺は素直な男子高校生の顔で言った。

「ああ、ドキドキしてるよ。悪ぃかよ」

「…………え？」

ほのかの、その息を呑んで漏れた「え？」が、深刻な響きとなって浴室内に反響したため。

俺はどうした？　と、浴室の壁に固定していた視線をほのかに向けた。

ラジオ体操で身体をまわす運動の途中だったと思われるほのかの体勢は、上体を前に倒した状態で静止し、俺の方を見ているから——胸の谷間が凄かった！

「こ、好位置くん。九時過ぎてるのに、ドキドキしているの……？」

なんだろう。

九時過ぎてるのに、ってのは？

今は夜九時を過ぎているけど、なぜ時間を口にしたんだろうと頭を働かせると、

（ん？）

記憶の淵をなぞられたような感覚が……。

「ねえ、好位置くん」

「なんだ」

ほのかの瞳に緊張の色が揺れる。

「し、新生活が始まったわけだけど……。ストレスって、なにか感じてることある？」

どうして、俺のストレスの有無なんか気になりだしたんだ。しかもなんか緊張した様子で、と思ったとき。

記憶の淵をなぞっていた感覚の奥から、蘇ってくる龍之介の声があった。

――夜九時以降にこの家で、ストレスを抱えた雰囲気を醸し出した挙げ句、ほのか様にドキドキしてはならぬ。

ほ、ほのかのやつ。まさか、今、俺に告白しようとしているのか!?

(これはマズイ!)

俺はこの状況を緊急回避すべく、風呂から出ようかとも考えたが。

湯船の中の俺は全裸だ。しかもただの全裸ではなく。U字に開いた胸元を見たせいで、身体の一か所が変化した状態(不可抗力!)の俺だった。

こんな姿というか、こんなものをほのかに見せるわけにはいかない!

俺がどうやって浴室から出ようかと模索している中、ほのかといえば、

「そういえば今日、学校でわたしが好位置くんの指をあむってしちゃったから……。クラスでひやかされちゃったよね。ああいうのって、好位置くん的には……、ストレスだよね?」

着々と俺の心からストレス要素を見つけようとしてくる!

「いや、全然ストレスじゃないよ」

ストレスを抱えていると思われたら、告白が始まってしまう!

「ほのかとのことをひやかされるなんて、ストレスどころかむしろ嬉しいくらいだ」

「……えへへ」

ほのかは頬を少し赤くして、照れ臭さと喜びがない交ぜになった顔で笑った。

「好位置くん」

「なんだ？」

「名前を呼んだだけだよ、えへへ」

二人きりの浴室で、俺の名前を意味もなく、嬉しそうに口ずさむほのか。

なんだか良い雰囲気になっているようにも思え、これはこれで告白が始まってしまうのではと、焦りが募る。

俺はこの良い雰囲気を変えるべく、

「なあ、ほのか。これはどのタイミングで言えばいいか悩んでいたんだが。今、単刀直入に言うよ」

「う、うん」

にわかに緊張の混じる返事をしたほのかは恋する少女の熱っぽい視線を、俺に向けてくる。

そして、その何かを期待するようなキラキラした顔で、俺の次の言葉を待つ少女が、絶対想定してなかったであろうことを、

「その水着だけど、後ろ前じゃないか」

俺は言った。

「…………へ？」

ほのかは浴室の鏡に自分の姿を、確認する。

肉を切らせて骨を断つ。指摘する俺も恥ずかしかったが、ほのかのほうの恥ずかしさは俺以上だったのだろう。

ほのかは胸元を手で押さえると。

その顔は、かぁぁ～～っと真っ赤になる。

「わ、わたし、これ着たとき、胸のとこ、ちょっと大胆だなって思ったんだよ」

「うんうん」

「でも、スクール用の水着でサイズも合っているし。みんなこれを着て、水泳するんだと思ってたから」

「うんうん」

「ビキニで好位置くんの前に行くより恥ずかしくないいんだって言い聞かせて。だから、だから……」

「ああ」

「……お見苦しいものをお見せして――」

ほのかは「ごめんなさーい！」と泣きそうな声で、浴室を飛び出て行った。

6

高校で過ごす初めての火曜も初めての水曜も、平穏に過ぎていった。

久方ぶりの学校生活で、俺は学校らしさをあれこれ思い出していた。その「らしさ」とはたとえばなにか。噂話のことだ。

一説によると、ＳＮＳやテレビなどで現代人が一日に触れる情報量は、江戸時代を生きた人の、一年分に相当するらしいが。

高校生の俺が学校で一日に漏れ聞く噂は、入院患者時代の一か月分を優に超えていた。

入学式からまだ一週間も経ってない水曜日。

うちのクラスでよく聞こえてきたのは、新入生で誰が一番可愛いか、というものだ。

各クラスの女子たちを、通常授業が始まった今週頭からチェックしだした我がクラスの有識者達（どいつらだよ）によると。

一位は同率で二人。

ほのかと。

朱鞠内さんという子だった。

彼氏持ちだと知られている影響をものともしないほのか人気よ。

ちなみに、五位にはアベリコがいた。その噂を聞いたアベリコは「はいはいはい」と軽く流していたけど、満更でもなさそうだった。

（てか、美澄がランキングに入ってないのか）

まあ、可愛い子ランキングでなく、美人ランキングならトップを狙えたと思うが。

美澄は、可愛い系というより綺麗系だからな。


水曜日の放課後。

今週のおやつ当番だった俺が、学校帰りにコンビニに寄り、おやつを買い込んで妻夫木楼に帰ってきたときだ。

（……あれは、なんだ？）

視界の先、妻夫木楼の門の奥、玄関のところに人影。

時計ヶ丘高校の制服の女子がインターフォンを前に、なにやら逡巡してる様子だ。
二、三十メートルは離れているのに、それとわかる艶やかな長い黒髪の細い背中。
ほのかか美澄の知り合いかな？

でも俺たちが、共同生活をしていることは、学校では秘密だった。

住所を教えたなんて聞いてないし、教えるとも思えない。

妻夫木楼前の路地から玄関を眺め、コンビニの袋を提げた俺は立ち呆けていた。

玄関先の制服女子を気にしないで、俺は家に入っていいんだろうか？

彼女が、ほのかか美澄のお客さんだったとして、俺がここに一緒に住んでることを知られるのはマズいよな。

ただ、マズいと断言できることは他にもあって。

それはコンビニの袋に入っているハーゲンダッツだった。

札幌の肌寒い春だ。至急冷凍室に入れないからといってすぐ溶けはしないだろうが。いつまでも立ち呆けていては、やはり溶けてしまう。

(どうしよっかな)

庭の方にまわって、窓から侵入とかできないかな。そんな考えがよぎったとき。

玄関先の制服女子が、俺の視線を感じたというわけでもないだろうが、不意にこちらに振り返った。

数十メートルは離れているものの、先方の視力が0・3以下とかじゃないなら、これはもう、ばっちり目がかち合っていた。

そして彼女は、いやに颯爽としたウォーキングで、こちらにやってくる。

腰まで伸びる重々しい黒髪に縁どられた、整った強い顔立ち。病的に白い肌、切れ長の瞳、魅力的なカーブを描くスッとした鷲鼻、やや薄い赤い唇が動いた。

「おたくさまは諸悪の根源たる石田某ではありませんこと？」

いろいろ聞き間違いかと思ったが、最近退院したばかりの俺は、各精密検査で耳に異常はなかったはずだった。

「そちらは、どなたさんですか？」

「フン」と彼女は鼻の先で笑い、肩をすくめてみせる。

「あ～ら、ご冗談を。同期生でありながら、わたくしを知らない殿方なんていまして？」

一人称が「わたくし」で、男子のことを「殿方」と呼ぶ。まだ会話は2ラリーも済んでいないのに、初めてパクチーを口に含んだときに似た、アクの強さを覚えた。

というか同級生なのか。てっきり先輩（年上のオーラが凄い！）かと思った。

あ、でもリボンの色が一年生か。

彼女は俺を正面から見下ろすように見据え、

「特別に名乗ってあげますわ。この世に生まれ落ちた瞬間に石狩平野に竜巻を発生させた伝説を持つ、由緒正しき朱鞠内家の絢姫とはわたくしのことよ」

一度もまばたきをせずにそう言った。

「…………」

この人は、まだ夕方だというのに、もう深夜テンションなのだろうか。

（朱鞠内絢姫というのか。——ん？）

彼女の正体が朱鞠内さんだと知れた瞬間、なにかひっかかるものを覚えた気がしたが……。

その違和感はあまりに一瞬でなんなのかわからず、答えを求めるように彼女を眺めていると。

朱鞠内さんは、あからさまに棘のある声で言い放つ。

「わたくしが清楚可憐な大和撫子だからって、そんな恋愛乞食みたいな目で見ないでくださる？」

「恋愛乞食みたいな目って」

その初耳の罵倒のインパクトで、虚を衝かれたような俺はもう、直近の違和感を思い出せそうになかった。

代わりにというか、俺はある可能性に思い当たっていた。

長期の入院生活で我ながら世事に疎いところがあるが、ちゃんと知っていることもある。こんな嘘みたいな強烈キャラ、現実にはいないと。すなわちこれは——

（誰かが考えたお知らせドッキリだ！）

俺は内心のうんざりを一応悟られないように、言う。

「驚きました。どういうコンセプトかわからないですけどドッキリ成功です。俺が帰ってくるまで、玄関でスタンバってたんですね。お疲れ様です。どうぞお帰りください」

俺は朱鞠内さんの隣を抜けて、玄関に向かおうとしたが。

「お待ちなさい！　なにをもれなくわからないことを言ってらっしゃるの？」

　ずっともれなくわからないことを言っている人から、もれなくわからないことを言って、と言われたぞ。

「いいから、そこになおりなさい！」

「なおりなさいって」

　朱鞠内さんは、言葉のチョイスこそ冗談みたいだったが、その刺々しい声に宿る感情はとても冗談には思えず、俺に対する嫌悪というかもう、憎しみが感じられた。

　ドッキリのために、どこからかこの演技派女優を連れてきたってわけか。どこからかというか、同級生にいたわけか。すごいな。

「なあ、朱鞠内さん」

「んまぁ！　そんな呼び方はよしてくださらない？」

「朱鞠内ちゃん？」

「なっ、この愚か者！　あなたとわたくしでは身分が違くってよ。朱鞠内様とお呼びなさい。これだから学のない庶民は」

「学のないって……。同じ高校に通っているやつに言ってどうする」

「ハン」

　ハンって。

「で、そっちは、この家に用があるんだよね？」

同級生を苗字に様づけで呼ぶなんて、コントみたいで俺にはできなかった。そっち呼ばわりは不問に付した朱鞠内さんは、人権侵害みたいな眼差しを寄越して、

「ええ、諸悪の根源たるあなたに用があるわ」と呪詛の言葉のように吐く。

「あ、それ、やっぱり聞き間違いじゃなかったんだ」

こんなエキセントリックな女子と、積極的に関わり合いたくはなかったが。

知らないところで恨みを買っていたのだとしたら、知らないままなのも気味が悪い。

というよりも。

このドッキリはどういう結末に行き着くのか、見届けたい。俺を諸悪の根源と呼ぶ理由というか、諸悪の根源と呼ぶに至るドッキリのその設定が気になる。

せっかく仕掛けてくれたドッキリだ。ちゃんと付き合うことにするか。

「話があるなら、すぐそこに公園があるからそこでしょう」

「フン、よろしいですわ」

「先に行っててくれ。俺はまずハーゲンダッツをしまいたいんだ。風呂上がりのアイスを食べたことないっていう龍之介を、喜ばしてやりたいからな」

「……龍様……」

そう消え入りそうな声で呟いた朱鞠内さんの頬が、ピンク色に膨らんでいた。

龍様？

※　※

買ってきたお菓子をしまい終え、俺は水出しの麦茶をコップに注ぎ、一気に飲み干した。

「よし、行くか」

朱鞠内さんという、元気なときに相手にしないといけない人にこれからまた会いに行かないといけない。気合いを入れて、家を出た。

閑静な邸宅街にあるその公園は、遊具一式が揃っていて、もちろんベンチもあったのだが。

そのベンチにはお年寄りが休憩していたため、朱鞠内さんは土台がバネになっているスプリングの遊具に、座っていた。

無の表情で、塗装が剝げた象に身じろぎもせず、またがる女子高生。

シュールだ。

近づいてくる俺に気付くと、朱鞠内さんは新規雇用した召使いにでも命じるように言う。

「あなたはそっちの化け物にお座り」

「塗装が剝げ過ぎてわかりにくいけど、これはたぶんパンダだよ」

言われるがまま、俺は朱鞠内さんの向かい合わせにあるスプリング遊具にまたがった。気恥ずかしさもあったが、懐かしさが勝ったのだ。

「……ところで俺はなんで諸悪の根源なんだ？　いや、それよりもさっき龍様って言ってたよな。そっちは龍之介の知り合いなのか？」

つまり龍之介考案のお知らせドッキリなのか？

象にまたがり微動だにしない朱鞠内さんが一呼吸置いたのち、急に物思わしげな瞳で、

「わたくしは、この春から龍様の許嫁候補第一位として、あの家で夫婦の真似事をするはずでしたの」

とんだ珍告白を儚げにぶちまけた。

（……許嫁候補第一位。そのワード、どっかで聞いたような……、どこだったっけ）

「幼少の頃より龍様のことをお慕いしておりました。ですので、龍様が死に至る病に罹られたと知った際は――ああなんたる悲劇、心が悲しみでねじ切れてしまいそうでした。朱鞠内家の家訓でお見舞いにも伺えず、嘆かわしい限りの季節をいくつも過ごしましたわ。でもそんな運命に負けてなるものですか。だって恋は、一に辛抱、二に我慢、三四がなくて、五に忍耐ですもの」

朱鞠内さんの背後――公園の隅の一角は日陰になりがちなのだろう、薄汚れた雪の塊が冬の忘れ物みたいに残っていた。

朱鞠内さんの声は、雪を解かす春の陽みたいに明るくなる。

「そして運命の神は、死によってわたくしと龍様を永遠に分かつことはなかった！」

「ああ、よかったよな」

「どこがよくって？　この春からの嬉し恥ずかしの一つ屋根の下暮らしはなくなり、龍様に許嫁が現れたのよ。こんなのってあんまりですわ！　その許嫁は近松美澄さんという庶民の出ながら、その美貌はわたくしの首元には及ぶくらいの深窓の令嬢顔の生娘ときてるというから、キ――――ッ！」

ああ、足元にも及ばないじゃなく、首元まで及んでるんだな。だいぶ及んでるな。

「美澄さんのこと、知っているんだな」

「朱鞠内家の私設調査団《月影》の力を見くびらないでくださいまし。それしきの情報は造作もなくってよ。おっほほほほ」

「……」

おっほほほほって笑う人、実在したんだな。

「近松美澄さんの素性を調べると、元交際相手に堕天使製造機と呼ばれし者の存在に行きつきましたわ。その者が近松美澄さんと別れてさえいなければ、彼女が龍様の許嫁になることもなかったものを。ぐぬぬ」

ぐぬぬってマジで声に出す人、実在したんだな。

俺に向けられた朱鞠内さんの目には、隠す気もなさそうな憎悪の炎が盛大に燃えていた。

もしドッキリだとわかっていなかったら、逃げ出したいくらいだ。

「つまり、俺が諸悪の根源と呼ばれているのは、美澄さんと別れたからということか」

「がな」

「がな？」

「言わずもがな、よ」

「ああ、言わずもがな」

「だから本日は、その諸悪の根源に宣言しに参りましたわ」

「宣言？」

「わたくしは龍様と寝起きを共にする未来を諦めてはなくってよ。つきましては、あなた方の共同生活が不純で不健全なものだと、愛しい龍様の製造者様であられる和千代様に思わせ、龍様と近松美澄さんとの許嫁関係の解消および、あなた方の共同生活を解体させてみせますわ！」

「解体……」

その口調からどうしても拭いきれないコミカルさと、公園のスプリング遊具にまたがっての発言だったため、一大事として受け止めにくかったが、彼女が話した内容は聞き流せないものだった。

おそらくドッキリは山場にきている！

「和千代さんに、不純で不健全だと思わせるってどうやるんだ？」

「うふふふっ、んまあ、気になるのね？　いいわ、教えたげる。心の準備はよろしくて？」

「じゃあ、よろしくてです」

「まず穂坂微さんと交際中のあなたは、最終的には近松美澄さんと復縁させてみせますわ！」

「復縁……」

「手始めにまず、二人がただならぬ仲だと言い逃れができない写真なりを激写し、やけぼっくいに火がついていると噂を流布しますわ」

「やけぼっくいに火……。そのただならぬ写真をでっちあげるという裏工作を、俺に話しちゃってよかったのか？」

「問題なくてよ。朱鞠内家の家訓に、愛する人のため、どうでもいい男を恋の罠に嵌めるときは宣言をしないと寝覚めがよくないというのがありますもの」

『家訓の〆の言葉が、『寝覚めがよくない』って。それほんとに家訓なのか。家長の戯言とかじゃなくて？」

この冗談みたいな家訓。うん、まさに龍之介考案のドッキリっぽいよな。

「なに半笑いで茶化してくれてるの？　あなたのような下界の小庶民に、朱鞠内家の家訓のなにがわかって！」

ドッキリ仕掛け人・女優朱鞠内さんの迫力に、「ごめん」と反射的に言って、

「なにもわかん――」

「んもう！　あなたへの恋の罠よりもはるかに大事なのは龍様のほうよ！」

俺を遮った朱鞠内さんは、そこから土石流のようにまくしたてる。

「許嫁をお決めになってしまうぐらいですもの、龍様はよほどあの近松美澄さんにイレあげておいでなのでしょう。調査団のリサーチによると、龍様はあなたの恋人である穂坂微さんのことが苦手なようね」

ん？

「龍様はお話がお上手なのに、穂坂微さんの前では話す気すら失せてしまうのか、トーク力はゴミと化し、そもそも龍様は彼女と二人きりになるのを避けている節もあるとか。なので龍様と穂坂微さんのただならぬ写真を激写するため、二人の距離を近づけてやりますわ」

んん？

「もちろん近松美澄さんとの許嫁関係を解消させるために、龍様と他の女性の距離を近づけるなど、本末転倒のきらいもございますが。調査団のリサーチによると、龍様が穂坂微さんを恋い慕う可能性は絶無とのこと」

「……」

「うふふふ。諸悪の根源と近松美澄さん、龍様と穂坂微さん。二組のただならぬ写真が和千代様のお目に触れれば……。あなた方の共同生活も、もはやそれまで。そしてわたくしは晴れて龍様とのサンクチュアリーな許嫁生活に……、おっほっほほほほ」

「…………」

なにが驚いたって。

邪な計画の連続吐露をかました朱鞠内さんは高笑いをしながら、絶句した俺を一顧だにせず、スプリング遊具から飛び降り、公園外にいつのまにか待機していた黒塗りの高級車に乗って、去っていったことだ。

本当に俺に宣言することだけが目的だったらしい。

「にしても……」

調査団の調査力よ。

あんなに調査力がない調査団があっていいのか。

あっていいわけがない。

つまりなにからなにまで、おかしなドッキリだった！

7

木曜日。

朝食は、妻夫木家からデリバリーされた鶏レバーのリゾットだった。

「妻夫木くんデリシャスー」

「美味。龍くんに感謝だわ」

月火水木と朝から、食の喜びが弾けがちな食卓だったが。

俺の意識はごはんになかった。

今朝は起きてから、あることが気になっていたのだ。

内面のエキセントリックさはさておき、見た目は可愛い系というよりも完全にキレイ寄りの美人であった朱鞠内さんが、名乗ったときに覚えた違和感の正体が――

寝ている間に、頭の中で前日の記憶が整理されたせいか、起床後すぐに閃くようにわかったのだ。

違和感の正体が、俺の考えで当たっていたら……。

見逃せないあることが俺の知らないところでずっと、今週は起こっていたことになる。

確認するのは、学校に着いてからだ。

考えを巡らせながら、エネルギー補給のリゾットを機械的に胃に送り続けていると、なぜか龍之介がこちらに時折チラ見していることに気付いた。

「どうした？」と俺。

龍之介は取り繕った表情でなんでもないよのレスポンス。

様子のおかしいやつ。

まさか龍之介も、俺たちの知らないところで今週ずっと起こっていたことに気付いたのか？

朝の支度を終え、いつも通り四人で家を出た。


いつもと変わらない楽しい登校をした四人は、生徒昇降口で別れる。

俺は上靴に履き替え、だが教室には向かわなかった。

次々と生徒が登校してくる校舎一階のごった返しの中、彼女の姿を見失わないように、その背中を視線の先で捉えていた。

彼女は一人、教室への階段の前を素通りし、生徒の人口密度が一気に低くなった廊下を迷いなく進んでいく。

（どこに行くんだ？）

彼女が手に提げた袋は、外靴を入れたように膨らんでいた。

辿り着いたのは、生徒昇降口の反対側、外へと通じる扉の前だった。

立ち止まった彼女が、もしこちらに振り返っても大丈夫なように、俺は廊下の陰に身を隠した。

「…………」

やがて、重い扉が開き、閉じられる無骨な音がして――

俺は廊下の陰から顔を出した。

案の定、無人の廊下があるだけ。

俺はクリーム色のスチール扉の前に移動し、そこでゆっくり十秒数えてから、その重い扉を開けた。

春の札幌らしい薄ぼんやりした青空の下、時計ヶ丘高校の敷地から出て行く彼女の姿が視線の遥か先にあった。

「……美澄……」

着いたばかりの学校を裏口から出た美澄は、登校してくる生徒とすれ違わないように心がけているのだろう。住宅街の細い道を選んで歩いていた。

女子高生が制服姿で日中からブラブラしていては目立って仕方ない。だから妻夫木楼に向かっているはずだ。

尾行なんて初めてしたが、美澄もまさか後ろから誰かがついてきているとは思ってもないだろうから、こちらに気付く素振りはなかった。

一人、学校から引き返すその凛とした背中を眺めながら、

（美澄は今、なにを考えているのかな）

そう思った。


もう学校より妻夫木楼のほうが近い住宅街だった。

このまま、妻夫木楼まで尾行していったとして……。

家で、なんて話しかけようか？

問い詰めたいわけじゃない。明るく話しかけたほうがいいのか？

普通でいい気もするが、普通ってどうだっけ。

第一声はなにを言えば……。

ああだこうだ考えあぐねていると。

視界の先、今しがた美澄とすれ違った——保育士さんが押す幼児たちを乗せたお散歩カートが横断歩道を渡るとき、柵から身を乗り出した幼女の持つぬいぐるみが道路に落ちた。

幼女は声を上げず、保育士さんは気付かず、カートは横断歩道を渡りきる。信号の青は点滅し始めて。

俺は気付いたときには駆け出していた。

そのぬいぐるみを拾うと、信号が赤になる前に渡りきり、持ち主の幼女に手渡した。

保育士さんに感謝され、「お兄ちゃんありがとうって言いましょうねー」と促された幼女だけでなく、カートに乗った幼児全員で「ありがとーお」の大合唱。俺は照れ臭くなって、頭をかく。

ふと、視線をお散歩カートの先に向けると。

ありがとーおの大合唱に注意を引かれたのだろう、こちらに振り返っている美澄の、瞳をぱちくりして驚く顔があった。

カートに乗った幼児たちにバイバーイと手を振った俺は、気まずそうな素振りをわずかに滲ませる美澄に近づいていった。

「よお」

「石田くん、どうして……？」

「大丈夫だ」

俺は自分でもよく意味のわからない「大丈夫だ」を発していた。

いつもの美澄だったら、「それ答えにも説明にもなってないわよ」と窘めてきそうだが、なにも言ってはこず。

美澄は、尾行してきたの？　と分かり切ったことも聞いてはこなかった。

「……」

「……」

言葉もなく連れ立って歩いていると、小学生のときの付き合っていた時代を思い出す。

あの頃も、バツの悪いことがあると押し黙る美澄がいて。いつまでも言いあぐねている俺がいたっけ。

（……小学生のときから進歩がないな）

一歩ずつ学校から離れていく平日の午前は間抜けな夢みたいに長閑で、大きな通りを避けて細い道を少し曲がっては進み、また少し曲がったりすると、なんだか住宅街の阿弥陀くじをしているような気分になった。

なんで学校から引き返したんだ？

次の角を曲がったら、言わなくちゃ。

次の角が来る前に、美澄が言った。

「今夜だね」

「今夜？」

「お知らせドッキリの答え合わせ」

「ああ」

「ねえ、この一週間の間に、魔訶不思議なことあった？」

「魔訶不思議か」

「あ、カメラ回ってないときにこういうの聞いちゃダメよね」

「これはお知らせドッキリじゃないと思うんだけど。魔訶不思議なことならあったよ」

「カメラが回ってないときに話さなくていいわよバカ」

曲がり角に差し掛かっていた。

美澄さんが、入学式の日を最後に学校から毎朝引き返している、この摩訶不思議はなんだろう？」

「…………どうして」

「ん」

「それが今日だけのことだと、思ってないの？」

「うん、悪いけど」

「誰かからなにか聞いたの？」

「いや、なにも」

「じゃあ、私のクラスに行ったの？」

「いや、行っていない。ルールもあるし」

「ルール？」

「学校では極力会わないようにしようってやつ」

「……」

「そういえばあれは、月曜の登校ん時に、美澄さんが提案したことだったよな」

顔を向かい合わせていたら、もっと話しにくかったかもしれない。

同じ先を向いて歩く美澄の表情が見えないから、もうなんでも遠慮なく聞いてやろうと思えた。

「俺たちはいつも一緒に登校する。生徒昇降口で別れたあと、美澄さんは家に引き返す。それを月曜から今日まで四日間続けている」

「……なんで、私がそんなことしてるって思ったわけ？」

「確信はなかったかもしれない。もしかしたらそうかもと思えるようなことが、偶々あったからさ」

「……」

「……」

「ちょ、もしかしてそうかもと思ったこと話してよ？」

通り過ぎるゴミ捨て場の収集日が、うちの最寄りのと曜日が違うな、と極めてどうでもいいことを思った。俺は言う。

「それを今から話すんだけどさ。もし、もしだよ。その、得意げになってたり、ドヤ顔っていうのかな、俺がそういう顔になってたら。一応教えてくれないか」

「なによそれ？」

「『あ、こいつ今、得意げな顔で推理もどきを披露してるなぁ』って思われたまま、しゃべり続けているなんて、たまらなく恥ずかしいだろ」

「ふふっ」

隣から笑い声が聞こえて、俺は振り向いた。美澄は笑みの形が残る顔で言う。

「入学式の体育館で叫んだきみにも恥ずかしいことがまだあったのね。わかったわよ。そういうときは教えたげるから。聞かせてよ」

俺は「学校ってさ」と、話し始める。

「病院よりもずっと、噂が飛び交う場所だよなって思ったんだ」

「私に関する噂が、なにか聞こえてきたってこと？」

「いや、むしろ逆だ」

「逆？」

「美澄さんの噂が聞こえてこないから、学校にいないかもと思ったんだ」

「どういうこと？」

「高校生活が始まったばかりのこの時期だから、新入生の女子で誰が一番可愛いか、そんな噂があってさ」

「思春期の男子らしいわね。見るに堪えない下心の垢こびりつきフェイスでそんな噂して」

「ごめん」

俺はわが校の全男子を代表するような気分で、詫びた。

「その噂に私の名前がなかったから、おかしいって？」

「ああ、ベスト10にいなかった。ちなみにほのかは一位だ」

「さすが、のかちゃん。でも、私はのかちゃんと違って可愛くないから、普通にランク外だっただけじゃないの？」

「美澄さんは可愛い系というより綺麗系の美少女でいらっしゃるもんな」

最初は俺もそう思った。

可愛い部門だからランク外になっただけだと。

でも。

「どうやら男子高校生にとって、同級生女子に対する綺麗とか可愛いはそんなしっかりカテゴリーが分かれてないっぽいんだ。綺麗は可愛いし、可愛いは綺麗だ」

それが、朱鞠内さんが名乗ったときに感じた違和感の正体だった。

ほのかと同率一位の可愛い人という先入観があったから、彼女は可愛い人だと無意識に思っていたところに、出会ったのは――年上女性にも見えた綺麗な顔立ちの朱鞠内さん。だから違和感を覚えたんだった。

「ふーん。確かに、可愛いの範囲は広いものね。でも」

でも？

「私の可愛くない性格がバレて、それでランク外になった可能性はないかしら？」

「ああ」

「ほら、私って小六のときは堕天使と呼ばれてた女だし」

「入学してまもなくで内面なんかバレないよ。それに万が一、美澄さんの性格は可愛くないと勘違いされてても影響はないさ。その証拠に朱鞠内さんが堂々の一位タイだ」

「朱鞠内さんって誰？」

「龍之介が考えたお知らせドッキリの仕掛け人だ。ドッキリの答え合わせのときにでも詳しく話すよ」

通りかかった公園のポール時計が目に入る。午前九時。

学校にいたら、一時限目が始まっている時間だと意識しつつ、俺は切り出した。

「美澄さんが学校から引き返している理由は、体調が悪いとかじゃないんだろ。なんでか教えてくれよ」

「…………」

「話してくれないままだと家に帰っても、すまんが俺は食い下がるぞ。なにせ、我が家には取調室があるからな」

「……一応言っとくわ。『取調室があるからな』、めっちゃ得意げな顔してた」

　俺にとっては見知らぬ住宅街の路地だったが、そもそも尾行した挙げ句の現在地なので、帰宅への道順選択はどこか任せきりだった。

　だが、美澄も美澄で俺と合流してからというもの、帰巣本能をオフにしてとりとめもなく歩いていたようで。

　俺たちは住宅街の阿弥陀くじの末、帰宅ルートからだいぶ外れていると気づいたのは、目の前に豊平川の堤防が現れたからだ。

　言葉で確認したわけではなかったけど……。

　初めからそうすることが決まっていたように、俺たちは堤防を越えて広大な河川敷へと向かうことにする。

　堤防特有の、歩幅が合わない広いコンクリの階段を下りながら。

「ねえ、覚えてる？」と美澄。

「ああ、覚えてる」

　小学生のとき、どこまで行けるか一緒に歩いた思い出の河川敷の緑地だった。そのことを確認しあうのに、会話はそれだけで十分だった。

河川敷を抜ける風は、どうしてこんなに心地いいのかな。

風で僅かに乱れた髪を押さえて、美澄が「あっち行こ」と指をさす。

コンクリで護岸された川辺のスペースだった。

平日午前の札幌の街で高校の制服姿の俺たちを最も受け入れてくれる場所を見つけた気になって、そちらに進んでいった。

あと三歩進んだら、川に足が触れる。

そんな場所で、俺と美澄は並んで座った。俺がカバンから出したプリントをそれぞれお尻に敷いて。

なんかもう、地球を感じるような豊平川の雄大な流れを眺めながら、俺は美澄が話し出してくれるのを、のんびりと待った。

学校から最速の早退を決めた俺たちには、時間がいっぱいあるしね。


「私がまだ入院していた頃。雪幌病院に転院する前。避けられない死の運命を受け入れるために必要な心の儀式として……。この世界は、なにもかも無価値だと思うようにした。

素晴らしく価値のある世界から、みんなより早く、死によって切り離されるのではなく。無価値な世界から、みんなより早くおさらばできる。その自己暗示のために大事だったことは、ことさら人生の価値に直結する喜びや嬉しさを、私の中で無価値化させること。でも大人になってからの喜びや嬉しさなんて、うまく想像できなかったし、想像できていると達観を気取れるほど子供でもなかったから。

とりわけ青春というか、私が入院している間に学校に通っている同い年のみんなのことを考えてみたわ。私がもし病気をしていなかったら、学校でこんなことしてるんだろうな、あんなことしてるんだろうな」

「………」

「その楽しそうなことと、その最中にいるときは大変でもあとから振り返ったときにいい思い出にできてしまえる有意義なことのすべてに、無価値の烙印を心の中で捺し続けた。

気づいたときには、本当になにも羨ましいと思わない私になれていたわ。そんな私の考え方は、刹那命の動画でも自然に漏れちゃってて、青春無価値論って呼ばれた。

青春無価値論、最近では懐かしいって思うわ。だって雪幌病院に転院する直前から、私は刹那命の活動を休止しているしね。

……今週、学校から舞い戻った日中はね……、自分の部屋で刹那命の動画、見返したりしてたんだ」

俺は、少し久しぶりに口を開く。

「昨日の刹那命は、なんて言ってたんだ？」

美澄は豊平川を見つめたまま、棒読み風に話し出す。

「楽しすぎる学生時代を送るのは危険よ。学生時代が楽しすぎるってことは、つまり挫折がないからそう思えたわけなのだろうけど。大人になってからの長い人生で挫折がないなんてありえない。楽しすぎる青春を送った人なんて、根拠のない万能感に浸って、挫折への耐性をまるで培ってないから。学生時代に戻りたいが口癖の、現実の受け止め方がヘタな、残念な大人になるのが関の山。

昔の私、ゲーム実況のギャルゲーに、陽キャのリア充が登場してきただけで、こんなことを宣ってたのよ。

ちなみに続きがあって、楽しくなさすぎる学生時代を送れば、大人になったあとはその対比で、楽しく感じやすくなるなんて大間違いよとも言ってたわ。学生時代が楽しくなさすぎるってことは、つまり先生とかクラスメイトとか、極小コミュニティーでのそういうガチャ要素のせいで、思春期の柔らかい心が歪んで成長させられるわけだから。学校を出てからも人間関係方面で、勝手に人生を生きにくくしてる不幸な大人になりがちって。

昔の私、好き勝手な偏見を言い切ってて本当怖いわ。でも刹那命だった私は、自分はもう死ぬと思ってたから、怖いものもなく、言えたのかな……」

「…………」

「――私は、雪幌病院に来て、命短し恋せよ男女チャンネルの活動ができて、誰かと過ごす楽しさを思い出せた。受験勉強もやりがいを感じていたよ。余命宣告が取り消された私は、この世界を無価値だなんて思う必要はないんだから。青春無価値論は、私の身体を蝕んでいた蒼化症と一緒に消えてなくなっていく……、そう思ってた。

　だから先週の金曜日、入学式に行ったとき驚いたわ。私の中から、青春無価値論が消えてなかったの。ううん、少し違う。青春無価値論は消えたけど、これは青春無価値論の後遺症みたいなもの……。無価値化していたものがなにかの反動みたいに、今度は途轍もなく価値があるように思えた。だから恐ろしくなった」

「恐ろしい……？」

「だって私もきみも、中学校生活は永遠に戻ってこないのよ！　全身性免疫蒼化症。人がしなくていい苦しみを12のときも13のときも14のときも乗り越えてきたのに、中学校生活は帰ってきてくれないんだよ！」

　美澄の声はもう、悲鳴みたいだった。

「……今はさ、高校生活を楽しめばいいんじゃないか。どうかな」

「わかってる。私だってわかってるよ。過去になんか囚われてないで、今を楽しめばって」

「ああ」

「でも現実の受け止め方がヘタな私は、どうしてもそう心から思えないの。

　入学式の日に、うちのクラスで自己紹介があった。中学校で頑張ったことを発表するってお題を与えられて。みんなは次々と、中学校で頑張ったことを言っていたのに、私はなにも言えなかった……。みんなの中学時代の思い出の披露メドレーを聞いていたら、私には手に入れることが永遠に叶わない中学校生活が否応なく意識させられて。妬ましかった。あれ、これ無理かもって。

あの日の教室で、無理に感じたことは他にもあって。

入学式の日にね、宿題が配布されたでしょ。そのとき、教室のどこかから上がる声が聞こえたの。

しぬしぬーって。しんだって。

しぬもしんだも、漢字じゃなくてひらがなが似合う軽い雰囲気の、怠いとかヤダって意味あいだったんだろうけど。私の内側でザラッとして、うまく聞き流せなかった。

自分は絶対まだまだ死なないし、本当に死ぬかもしれないって思い続けた期間なんてない、しぬしぬとかしんだと簡単に言えちゃう子たちは……。私とはまるで違う、別世界に住む人たちなんだって、途端に気づいた。

小学校も中学校も病気なんかと闘わないで済んで、なんなら中学校でいい思い出を作って高校に来た同い年集団が詰まった教室に、異世界から来たような私が一人だけいるんだと思ったら……、なんだか入院生活中も感じたことのないほどの酸素が薄くなったような孤独を覚えて。気持ちが悪くて……。この教室にいたくない、いられないって」

美澄の横顔を見ていた。その瞳の端に雫がぷっくり膨らんでいたけど、俺はなにも言えなかった。

「……ほんと嫌になる、勝手に人生を生きにくくしてる、こんな私。刹那命が今の私を見たら、なんて言うのかな……」

音もなく一筋の涙が流れた。美澄は拭いもしなかった。

「のかちゃんと龍くんときみとじゃれ合いながら登校するのは、本当に愉快でならないわ。でも教室に行くことができないの。

蒼化症の副反応の夜だって、いくつもいくつも耐えた。病気がよくなれば、私はなんだってできる人間になれると思ってたのに。

みんなが学校にいる時間に、病室にいた頃、私はなんでここにいるの？　って思ったけど……。今、みんなが学校にいる時間にひとり帰って、自分の部屋にいるとき、私はあの頃よりもっと、なんでここにいるの？　って思っちゃう。……ごめん、こんなつまんない話長いね」

「美澄さん」

「うん」

「話してくれてありがとう。で、聞いていてさ、不思議に思ったことがあるんだけど……」

美澄の涙目が、なあに？　と問いかけていた。

「美澄さんの言う通り、中学時代は帰ってこない。学校にいるみんなのように、修学旅行や文化祭、あとなんだ、体育祭とか部活とか、そういう中学校の思い出は永遠に手に入らない」

俺の言葉を聞いた美澄の頬に次の涙が流れ、小さな嗚咽まで漏れだしてしまうから。

このあと「でも」と力強い逆接から、真のメッセージを悠然と伝えようと思っていた俺は、悠然どこへやら、もう大慌てで、

「でも雪幌病院での思い出があるだろ！」

駆け込むように口にしていた。

「……」

「学校に通ってた連中は永遠に経験できない俺たちだけの思い出だぞ！　ほのかがいて、龍之介がいて、美澄さんがいて、俺がいて。いつも四人で楽しかったじゃないか。しかも美澄さんはクラスの自己紹介で話せるほど頑張っていたじゃないか。絵本の読み聞かせで、どれだけの小児病棟の子たちを笑顔にしたんだよ！　一般的な青春とは違うけど俺たちは雪幌病院で、まあ学校以上の超極小コミュニティーだけど、青春してたよ。——いや、全然極小コミュニティーじゃないな。ＹｏｕＴｕｂｅで命短し恋せよ男女チャンネルやってたんだし。広い世界に、青春を見せびらかしてたよ！」

河川敷があまりにもだだっ広かったから、俺は恥ずかしげもなく、いつかの体育館で叫んだように声を張り上げていた。相手に伝えたいことを大きな声で言う春だな。

自分の声に勢いづいて、俺はもう必死だった。

「だから、その中学校でいい思い出を作った同い年集団のことを妬ましく思うなんて権利はさ、たぶんないよ！　俺たちみたいな青春見せびらかし集団には！」

「…………」

「……美澄さん？」

「――――ぷはははははっ」

涙目で笑い転げた美澄さんは濡れた瞳を指の腹で拭いながら、

「青春見せびらかし集団なんて……、最低で最高ね」

その声には、最前の涙の気配は消えていた。

「きみは、その団長ね」

「なんで俺が団長なんだよ？」

「結婚式でのかちゃんとキスした男が、青春見せびらかし集団の団長でなくて、誰が団長になれるわけ？」

「じゃあ、副団長は美澄さんだな」

「なんで私が副団長なのよ？」

「美澄さんは素直じゃないからかな。副団長になって、素直に青春を謳歌できる人になってほしいとの、団長からの粋な計らいだ」

「私は、確かに素直じゃないけど……。私が素直になんてなったら、きみはきっと困惑すると思うよ？」

「どういうことだよ？」

「さあ、どういうことだろうね」

俺が困惑することと……。

「あ、まさか！」

「な、なによ？」

「これからも学校を休むっていうのか？」

「明日から学校に行くわよ！」

「おお、そっか」

「自分でもびっくりしているんだけど、さっきのきみの言葉、心にすごく刺さったのよ。誰かからいい言葉をかけられても、それってせいぜい漢方薬みたいにだいぶ時間が経ってから、じわじわと心に効いてたのかなって気がする程度なのに。きみのさっきの言葉は静脈注射で入れた薬みたいに速攻で心に浸透してきたわ」

「そいつは良かったよ」

漢方薬と静脈注射のたとえは、長い入院歴のある俺にはわかりやすかった。

「中学校生活の思い出を引っ提げた輩の巣窟に、雪幌病院での思い出を引っ提げた私が乗り込んでやるわ」

「いいね副団長、一緒に乗り込もう。ん、じゃあ結局、美澄さんが素直になって俺が困惑することってなんだよ？」

「……」

「言っとくが、俺は美澄さんが心の赴くままにやることで、困惑することなんて特にないと思うけどな」

俺はのんきな気分で美澄との会話を楽しんでいた。

というのも、美澄が青春無価値論の後遺症なんて吹き飛ばした顔で、明日から学校に行くと言ってくれたことが嬉しくて、いろいろ油断していたんだと思う。

「………じゃあ、素直な私になっても、きみはいいのね……？」

「いいじゃん、いいじゃん」

全くもって、お気楽風の返事をしている俺だった。

美澄はなぜかキョロキョロと周囲を見まわした。

「周りに誰もいないわね」

「ああ」

遠くに豆粒みたいな人の姿が見えるだけだ。ところでなぜ急に、人目を気にしだしたんだろう。

「ふぅー」

川辺に座る美澄はなぜか胸に手をあて、呼吸をして。俺を見る瞳には、妙な熱がこもっていた。

「美澄さん？」

彼女の様子がどこかおかしいことに本格的に気づいた俺の視界はもう、近づいてきた美澄の顔でいっぱいになる。

――ぴちゅ。

俺と美澄の重なった部分で水気を含んだ音。

ああ、唇と唇が触れたのかと思って――キス!?

「…………」

美澄は顔をすっと離すと立ち上がり、コンクリで護岸された川辺から緑地へと歩いていく。

わけがわからず、俺は、

「美澄さん」

呼ぶと、彼女はくるんと振り返った。

赤らめた顔の美澄だった。

「……ほら、困惑させちゃったでしょ？」

※　※

呆然と佇む俺を河川敷に残して、美澄は立ち去っていった。

おそらく家に帰ったのだろう。

俺も妻夫木楼に帰ることを考えたが。

キスしたばかりの美澄と家に二人きりになることを臆した俺は、学校に舞い戻った。

休み時間の教室に入ってきた俺に、すぐ気づいたほのかが「わ！　わっ！　好位置くんだ！」とやってくる。

一緒に登校したはずの同居人が、三時限目前に遅刻してやってきたら、そりゃ驚くわな。

ほのかに遅刻の理由を聞かれ、嘘の理由をこさえてなかった俺が言い淀んでいると。

「もしかして、好位置くんはわたしにドッキリ返ししてくれたの？　今日はお知らせドッキリの最終日だから」

「あ、うん。それだそれ。俺ばっかりドッキリを仕掛けてもらったお礼だよ。どうだ、一時限目と二時限目に俺がいなくなってて驚いたか？」

「うん、驚いた！」

よし、次は担任への遅刻の理由をこさえるとするか。

授業を受けている間も、頭の中では美澄との河川敷の記憶を、何度も何度もなぞることになった。

あのキスは……、いったいなんだったのか？

美澄のやつ、どういうつもりだよ？

五時限目の授業中に、答えを捻り出した。

あれは、美澄考案のお知らせドッキリだ！　そうに違いない！

美澄は、俺がほのかの彼氏のフリをしていると気づいた夜に、俺が彼女ではない子とキスをしたことを、気にしているようだった。

そこからどういう女心の経過によるものか。

おそらく、彼女じゃない子とキスできる男にならキスのドッキリをしてもいいだろうとの、いたずら心が芽生えた。

（……………）

いやいや。

でもキスのドッキリって。

（………）

やりすぎだよ。

第三章

木曜日の夜。

二階の撮影部屋（仮）にて。

お知らせドッキリの答え合わせ動画を、俺とほのかと美澄と龍之介でこれから撮る予定だ。

河川敷での一件以来、居合わせた美澄とはまだうまく目を合わせられないでいた俺は、三脚のカメラと、リング型のライトのセットなど、動画撮影の手はずに精を出す。

準備が整い、ほのかが言う。

「えへへへ、それじゃあ、始めよっか」

久しぶりになるが、いつも通りのリハーサル少な目のほぼぶっつけ本番の収録。ライブではないから、あとから編集できるし。気楽に行こうか。

カーペットの床にくつろいでる風の体勢で座った俺たち。

カメラのＲＥＣのランプが点いた。

「好位置です」

「ほのかです」

「美澄よ」

「龍之介だ」

「「「「命短し恋せよ男女チャンネルです。うむにゅ！」」」」

お決まりの片手で目元だけ隠すポーズの挨拶をする四人。

「わたし達、高校に入学しました～」

パチパチパチ。

「好位置くんが高一になりました！」

「おっと、初耳のギャグだ」

「というわけで今回は入学式からの一週間で好位置くんに三つのドッキリを、お知らせした上で仕掛けちゃいました」

某人気バラエティ番組の予告ドッキリをオマージュした企画だと、動画の説明欄には書く予定だ。

「なんで三つのドッキリなんだ？」

自分の知っていることを、視聴者に説明するために俺は言った。

「ほのか様と、美澄嬢と、ボクがそれぞれ考えたものだぞ」と龍之介。

「なにかわからない三つのドッキリが身に降りかかると思って過ごした一週間は、どんな気分だったかしら？」と美澄。

「落ち着かなかったよ」

この一週間はお知らせドッキリがなくても、始まったばかりの共同生活とスタートを切った高校生活で、どのみち落ち着かない気分だったろうけどな。

「ではでは！　さっそく好位置くんにはドッキリだと思う出来事、発表して頂きましょう！」

そう言ったほのかは、三枚の封筒をカメラに見せるように取り出していた。

それぞれ表には。

『ほのか』

『美澄』

『龍之介』

と記されていた。

このお知らせドッキリは、お互いどんなドッキリを俺に仕掛けたか、ほのかと美澄と龍之介の間でも秘密になっていた。

「じゃあまず」

ほのか考案のやつから、いくか。

「俺がお風呂に入っていたら、ほのかが水着で乱入してくる」

「……ううぅ、正解だよ」

頬を少し赤くしたほのかが封筒を開けると、メッセージカードには『お風呂に水着で乱入』と可愛い字で書いてあった。

「ほほほのか様が水着で乱入⁉」

「のかちゃんの水着ですって！」

「わぁわぁ、二人とも落ち着いて！　普通のスクール用の水着だよ～」

実際は、普通のスクール水着を後ろ前に着ていたぽのかだった。

ドッキリの際の映像は隠しカメラで撮っていたわけでもないのだから、お風呂に水着で乱入のエピソードは、動画として面白おかしく話す必要があったが。

スクール用の水着と聞いただけで――

「ベスポジ、なんて羨ましいんだ！　貴様は前世でいったいどれだけ徳を積んだんだよう！」

「公序良俗！　のかちゃんの水着を見た日から絵日記はつけてないの⁉」

俺に詰め寄る龍之介と美澄に対して、しかも後ろ前だったという、激震の続報を俺は言えそうもなかった。

ほのかも後ろ前だったことを思い出して恥ずかしいのか、黙りこくっていた。

「ほのか様が風呂場にやって来たとき、ベスポジはちゃんと服を着ていたんだろうな？」

「ん？」

むしろ、なんで風呂場で着衣だよ。

俺に、美澄が言う。

「まさか、のかちゃんに対して、全裸を見せつけるという露出狂をしてないわよね？」

なんで風呂場に全裸でいたら、露出狂だよ？

俺は荒ぶる二人を鎮静化させるために言った。

「大丈夫だ、俺は湯船に肩まで浸かってたし。入浴剤も大活躍させてた」

「どの入浴剤だ！　ベスポジ、教えろ」

「安心してくれ、入浴剤は濃いやつだぞ。乳白色のすごく濁ったやつだ」

「違う！　その入浴剤を今後ベスポジは使用禁止にするために聞いたんだよう」

「なぜだ？」

「ベスポジが今後その入浴剤の風呂に浸かると、ほのか様の水着姿の記憶が呼び起こされるかもしれないからな！　該当の入浴剤を封印する！」

恐るべし、龍之介。

恋する男の想像力は、すごいな。

ああ心置きなく、入浴剤は封印してくれ。俺がそう言おうとしたら、

「あれれ、妻夫木くんはなんでそんなにわたしの水着姿を、好位置くんが見たことを気にしているのかな？」

龍之介の恋心を知らないほのかの疑問だった。

確かに、今の龍之介の姿は、やきもちを焼いている男そのものだった！

「あ、いや、ほ、ほのか様、そ、それは、えっとその」

爆竹でも食べたみたいに噛みまくる龍之介。

一気にしどろもどろになった男のその弱々しい瞳が、ベスポジ助けてくれと今しがたまで詰め寄っていた相手に、救いを求めていた。

「りゅ、龍之介はほのかファンの男性視聴者の気持ちを代弁してくれたんだよな。さあ、というわけで次は龍之介のドッキリを発表するかな」

なんだか自分でもいまいちよくわからない理由を述べて、話題を強引に進めた。これに龍之介も、

「お、おう、ベスポジ。ボクのドッキリを当ててみてくれ」と、元気いっぱい乗っかる。

「ギャグキャラみたいなエキセントリックな子が、俺を『諸悪の根源』呼ばわりしてくるドッキリ」

「へ？　諸悪の根源？　エキセントリックな子って誰だよう？」

「朱鞠内さんだ」

「え!?　あ、絢姫とベスポジは会ったのか？　いつだ？　どこでだ？」

絢姫？　ああ、朱鞠内さんはそういう名前だったな。

「昨日の放課後だ。妻夫木楼の前に居たから、近くの公園に移動して話したんだが」

「昨日会っていただと⁉　なぜすぐにボクに話してくれなかった⁉」

「いや、だって、ドッキリの答え合わせは今日だったから」

「絢姫は、ベスポジになにを話してきたんだ？」

「ああ、じゃあ説明するか。邪な計画なんだが」

「待てベスポジ！　それはあとでカメラが回っていないところで聞く」

「ドッキリの答え合わせをカメラの前でしなくてどうする？」

「絢姫はドッキリじゃない！」

「え？」

「ボクのドッキリはこれだ！」

龍之介が、封筒から取り出したメッセージカードには、

『リゾットとピラフ』

これには、「朱鞠内絢姫さんって、だあれ？」って顔をしていたほのかや、「絢姫さんってあの？」と龍之介になぜか囁いていた美澄の意識が、一気にそのカードに記された料理名に向けられた。

ほのかが言う。

「リゾットとピラフって、今週の朝食だよね」

今週は龍之介が朝食当番で、妻夫木家から朝ごはんが届けられていた。

「リゾットは、今朝のごはんだったわよね」

「めちゃんこ美味しかった！」

「のかちゃん、おかわりしてたものね。確かに、食べたことないくらい美味しいリゾットだった」

俺はよく覚えてなかった。

今朝は美澄が学校から引き返してくるかもしれないと、そのことばかり考えていて、朝食なんて気もそぞろだったのだから仕方ない。

「ベスポジよ、今朝の鶏レバーのリゾット。味はどうだった？」

ドッキリってことは、

「あれは、最高級の鶏のレバーとかだったのか？」

「フォアグラだ」

「ん？」

「みんなが食べた鶏レバーの正体は、フォアグラでした」

その龍之介の発言に、ほのかと美澄が歓声を上げた。

自分たちも知らぬ間にドッキリに巻き込まれた格好になる女子二人だが、こんなに嬉しいドッキリもないとばかりに、朝食の記憶を楽しげに話し出す。

というか、美澄のやつは学校から引き返すくらいなのに、朝のリゾットを堪能していたのか。

俺はと言うと、人生初のフォアグラの味を、ちっとも思い出せなくて愕然としていた。

「妻夫木くん、ピラフもドッキリだったの？」

「ピラフは、ええと……。月曜日の朝食だったかしら？」

「えへへ、わたし覚えてるよ。マッシュルームのピラフ、すっごく美味しかったー」

無残なほど思い出せない。

思い出せない理由を思い出した。

月曜の朝は、前夜に美澄の部屋で交わしたやりとりや、ベッドの中で漏れ聞いた龍之介の涙のことを生々しく思い返しながら、朝食を取っていたんだ。

俺は龍之介に言う。

「あのピラフの具、最高級のマッシュルームだったのか？」

「みんなが食べたマッシュルームの正体は、トリュフでした」

ほのかと美澄、再び歓喜の声。

「妻夫木くん、素敵なドッキリをありがとう」と、ほのかに感謝され、龍之介はホクホク顔だった。

月曜日といえば、美澄のやつが学校を人知れず引き返した初日になるわけだが、美澄は朝食を楽しむメンタリティを失ってなかったようだ。人生初のトリュフの思い出を、ほのかと嬉し気に話している。

　フォアグラとトリュフを気もそぞろで、ただのエネルギー補給として胃に送り込んだ事実に打ちひしがれる俺に、ほのかが切り出した。

「あのね、そろそろ好位置くんに説明しておかなきゃいけないことがあるの」

「どうした、ほのか？」

「実はね、今収録中のこのお知らせドッキリなんだけど。配信未定なんだー」

「え、未定？　公開しないのか？」

「うん。わたしがお風呂に乱入するドッキリも、妻夫木くんの朝食豪華ドッキリも。わたし達が一緒に暮らしているって、ほとんど世間に公表しちゃうことになっちゃうから」

「ああ」

　そういえば、お知らせドッキリをするよ、とほのかから初めて聞いた時は俺たちは別々に暮らす予定だったもんな。

「私達の共同生活を学校で内緒にしているうちは公開未定ね」と美澄。

　俺たちが、一緒に暮らしていることをみんなに明かす時、それはいつになるんだろう。今はちょっと想像できないな。

　ほのかが言う。

「じゃあ好位置くん、みすみー考案のドッキリの発表をお願いします！」

俺はニコニコしているほのかに、躊躇うことなく告げた。

「美澄さんが、俺にキスしてきたことだろ」

「……うぇ？」

謎の声を漏らしたあと、ほのかが言う。

「それは、ほっぺに……？」

美澄は、頬を赤くして、俯き。

俺はというと、急速にこれはドッキリではなかったかもしれないと思い、そもそもこの場で言っちゃいけないことだったと気づいた。

そう言ったほのかに、今日の河川敷で素直になった美澄が、

「口と口なの……？」

「……うん」

真実をぶちまけると、

「ええええ――――!?」

「美澄嬢がベスポジと!?」

驚くほのかと龍之介を視界に収めながら、俺の意識はなぜか。

余命宣告を受け、雪幌病院で長い月日を過ごしていなかったら、今こうしてこの四人でいることもなかったんだな。

そんな風に思考は遠い彼方に向かっていったが、意識の現実逃避をしている場合ではなかった。

なにせこのあと。

突然、ほのかは、

「好位置くんと、わたしは、カップルのフリをしてました！」

と、実は美澄も龍之介もすでに知っていることをぶちまけ、なぜほのかがこのタイミングでそのカミングアウトを？　と、ほのか以外の三人が盛大に頭に「？」を浮かべていると。

どうやら俺と美澄のキスの事実に、やきもちを焼いたほのかは、いち早く真のカップルになりたいと思ってしまったようで。

「好位置くん、カップルのフリではなく。……わたしを、好位置くんの本当の彼女に――」

まだ九時過ぎでもなく、俺はストレスを抱えた雰囲気を醸し出してもなかったのに、俺に告白しようとしてきたから。

龍之介はそのほのかを止めるためにか、ことさら大きな声で。

「美澄嬢！　なぜ口と口でキスなんて、そんな思い切ったドッキリを？」

と場のやりとりをドッキリの答え合わせに戻す。

美澄が封筒からカードを出す。そこには『石田くんに学校で膝かっくん』という、平和なプチドッキリが記されていた。

この一週間で膝かっくんはされていない。美澄が学校に来ていなかったからだ。

「のかちゃんごめん！」

美澄が急に謝った。それはお知らせドッキリを、仕掛け損ねたことを謝ったのだと思った俺は、ずいぶん間抜けだった。

赤面した美澄はその顔を俺に向け。

「わ、私……、石田くんのこと、まだ好きなの」

「――――！」

いつもはリアクションの大きいほのかが完全に絶句し。

龍之介は「休むも相場なり！」と叫んだ。

「美澄さん……ほのか……」

と、混乱した俺は元カノと今カノ（フリ）の名前を、ただただ口にしていた。

カメラが、こんなお蔵入り確実の俺たちの様子を収める中、今夜も賑々しく過ぎていく。

命短し
恋せよ男女(だんじょ)

あとがき

こんにちは、読者の皆さんに会えて嬉しい比嘉智康です。

夏ですね。オイラは長い時間歩いたり、そこそこの時間走ったりするのが好きなのですが。一年の半分近くは、冷蔵庫（もしくは冷凍庫）みたいな気温の北海道に住んでいるため、この暑い季節が大好きです。

数少ない30℃を超える日が到来すると、予定さえなければ、好きな音楽を聴きながら、歩いたり走ったりして、良い感じに脳みそを無にしています。

担当編集M様の想像力と情熱と優しさとその他諸々のパワーを注いでもらい、この本ができました！

M様がいなければ、オイラは冗談抜きで書き上げることはできなかったでしょう（今巻もありがとうございました。これからもよろしくお願いいたします）。

いろいろな能力の欠如が目立つラノベ書きのオイラですが、最大の能力は「運の良さ」です。なにせM様みたいな担当編集がついてくれているのだから！　間明田さんに描いてもらえたのだから、間違いない！

デビューして16年、思えばいつもいつも信じられないレベルで、いろんな人に助けてもらいました。

三浦勇雄先生。

海冬レイジ先生。

島崎友樹先生。

比嘉が数年ぶりの新刊を出すたびに嬉しい反応をくださる三門鉄狼先生と秋永真琴先生。

「あの夏、僕らに降った雪」の担当編集のW様。

酒部朔様。

お世話になった人は数知れず、パッと浮かぶだけで30人はいるその名をすべて列挙していこうと思ったのですが……。

誰のことは書いて誰のことは書きそびれていると、きっとあとで気にする自分がもう見えたので、これにて失礼します。

読者の皆さん、素敵な夏を！　お元気で！

比嘉智康

◉比嘉智康著作リスト

「命短し恋せよ男女」（電撃文庫）
「命短し恋せよ男女2」（同）

本書に対するご意見、ご感想をお寄せください。

ファンレターあて先
〒102-8177　東京都千代田区富士見2-13-3
電撃文庫編集部
「比嘉智康先生」係
「間明田先生」係

本書は書き下ろしです。

電撃文庫

命短し恋せよ男女2

いのちみじかこいだんじょ

比嘉智康

ひがともやす

2023年8月10日　初版発行

発行者　山下直久
発行　株式会社KADOKAWA
〒102-8177　東京都千代田区富士見2-13-3
0570-002-301（ナビダイヤル）
装丁者　荻窪裕司（META＋MANIERA）
印刷　株式会社暁印刷
製本　株式会社暁印刷

●お問い合わせ
https://www.kadokawa.co.jp/（「お問い合わせ」へお進みください）
※内容によっては、お答えできない場合があります。
※サポートは日本国内のみとさせていただきます。
※Japanese text only

※定価はカバーに表示してあります。

ISBN978-4-04-914937-1　C0193　Printed in Japan

電撃文庫　https://dengekibunko.jp/

電撃文庫DIGEST　8月の新刊　発売日2023年8月10日

魔法科高校の劣等生
新作 **夜(ヨル)の帳に闇(ヤミ)は閃く**
著／佐島 勤　イラスト／石田可奈

2099年春、魔法大学に黒羽亜夜子と文弥の双子が入学する。新たな大学生活、そして上京することで敬愛する達也の力になれる事を楽しみにしていた。だが、そんな達也のことを狙う海外マフィアの影が忍び寄り——。

小説版ラブライブ！
虹ヶ咲学園スクールアイドル同好会
新作 **紅蓮の剣姫**
～フレイムソード・プリンセス～
著／五十嵐雄策　イラスト／火照ちげ
本文イラスト／相模　原作／矢立 肇　原案／公野櫻子

電撃文庫と「ラブライブ！虹ヶ咲学園スクールアイドル同好会」が夢のコラボ！　せつ菜の愛読書『紅蓮の剣姫』を通してニジガクの青春の一ページが紡がれる、ファン必見の公式スピンオフストーリー！

とある暗部の少女共棲(アイテム)②
著／鎌池和馬　キャラクターデザイン・イラスト／ニリツ
キャラクターデザイン／はいむらきよたか

アイテムに新たな仕事が。標的は美人結婚詐欺師『ハニークイーン』、『原子崩し』能力開発スタッフも被害にあっており、麦野は依頼を受けることに。そんな麦野たちの前に現れたのは、元『原子崩し』主任研究者で。

ユア・フォルマVI
電索官エチカと破滅の盟約
著／菊石まれほ　イラスト／野崎つばた

令状のない電索の咎で謹慎処分を受けたエチカ。しかしトールボットが存在を明かした「同盟」への関与が疑われる人物の、相次ぐ急死が発覚。検出されたキメラウイルスの出所を探るため、急遽捜査に加わることに——。

男女の友情は成立する？（いや、しないっ!!） Flag 7.
でも、恋人なんだからアタシのことが1番だよね？
著／七菜なな　イラスト／Parum

夢と恋、両方を追い求めた文化祭の初日は、悠宇と日葵の間に大きなわだかまりを残して幕を閉じた。その翌日。「運命共同体（しんゆう）は——わたしがもらうね？」そんな宣言とともに凛音が"you"へ復帰し……。

錆喰いビスコ9
我の星、梵の星
著／瘤久保慎司　イラスト／赤岸K
世界観イラスト／mocha

〈錆神ラスト〉が支配する並行世界・黒時空からやってきたレッドこともう一人の赤星ビスコ。"彼女"と黒時空を救うため、ビスコとミロは時空を超えた冒険に出る！　しかし、レッドにはある別の目的があって……

クリムヒルトとブリュンヒルド
著／東崎惟子　イラスト／あおあそ

「竜殺しの女王」以降、歴代女王の献身により栄える王国で、クリムヒルトも戴冠の日を迎えた。病に倒れた姉・ブリュンヒルドの想いも背負い玉座の間に入るクリムヒルト。そこには王国最大の闇が待ち受けていた——。

勇者症候群2
著／彩月レイ　イラスト／りいちゅ
クリーチャーデザイン／劇団イヌカレー（泥犬）

秋葉原の戦いから二ヶ月。「カローン」のもとへ新たな女性隊員タカナシ・ハルが加わる。上からの"監視"なのはバレバレ。それでも仲間として向き合おうと決意するカグヤだったが、相手はアズマ以上の難敵で……!?

クセつよ異種族で行列ができる結婚相談所2
～ダークエルフ先輩の寿退社とスキャンダル～
著／五月雨きょうすけ　イラスト／猫屋敷ぷしお

ダークエルフ先輩の寿退社が迫り、相談者を引き継ぐアーニャ。ひときわクセつよな相談者の対応に追われるなか、街で流行する『写真』で結婚情報誌を作ることになる。しかし、新しい技術にはトラブルはつきもので……

命短し恋せよ男女2
著／比嘉智康　イラスト／間明田

退院した4人は、別々の屋根の下での暮らしに——ならず！（元）命短い系男女の同居＆高校生活が一筋縄でいくわけもなく、ドッキリに勘違いに大波乱。　余命宣告から始まったのに賑やかすぎるラブコメ、第二弾！

レプリカだって、恋をする。
Even a replica falls in love
榛名丼
［イラスト］
raemz
16歳、夏。はじめての、青春。
愛川素直という少女の
身代わりとして働く
分身体、それが私。
本体のために生きるのが
使命……なのに、
恋をしてしまったんだ。
海沿いの街で
巻き起こる
ちょっぴり不思議な
青春ラブストーリー。
応募総数
4,128作品の
頂点
第29回
電撃小説大賞
大賞
受賞作
電撃文庫